编　委　会

奶奶、猫和宝盒

——嘉兴市青年作家新作选

嘉兴市文学艺术界联合会 编

中国青年出版社

目录
contents

小说　羊事 \ 金问渔 ……………… 003

谁是陈小北 \ 莫飞 ……………… 008

小贞的秘密 \ 蒋话 ……………… 027

在瓶山上做梦 \ 草白 ……………… 040

猎人与狗 \ 车成杰 ……………… 054

去上海 \ 江丽华 ……………… 066

散文　奶奶、猫和宝盒 \ 程云屏山 ……………… 083

小而美 \ 朱个 ……………… 094

南市路的丁茂 \ 夏烁 ……………… 100

诗意的温柔与敦厚 \ 吴文君 ……………… 107

缺席的父亲 \ 余一卒 ……………… 112

汾湖品蟹 \ 宋依依 ……………… 120

温情丰子恺 \ 梦之仪 ……………… 125

有多少爱可以重来 \ 红了容颜 ……………… 134

待到花开如满月 \ 陈曦 ……………… 142

小兵嘎子 \ 高莉 ……………… 149

凡人风骨 \ 李大略 ……………… 154

老头子的秘密 \ 潘嫭悕 ……………… 159

修理铺里的兰花们 \ 尤佑 ……………… 164

杨云华 \ 梅子黄时雨 ……………… 170

记忆中的那些人 \ 简儿 ················ 174

邻居隔壁 \ 李力 ···················· 181

顽童龙叔 \ 周玮佳 ·················· 187

最美 \ 沈晔冰 ······················ 192

净相村纪事 \ 查杰慧 ················ 198

一张老照片 \ 吴伟剑 ················ 205

灯影里舞动的生命 \ 胡燕萍 ·········· 208

《红楼梦》1793 \ 卢修宾 ············ 213

诗歌 禾城的阳光(四首) \ 许春波 ········ 225

午饭之后(四首) \ 起子 ············ 232

我爱西塘河埠最后的三个石级 \ 叶心 ··· 239

永远的一夜 \ 冬箫 ················· 243

生活在水边的人 \ 小雅 ············· 246

背影中的江南(二首) \ 张猛 ········· 251

父母的简要素描(五首) \ 苏建平 ····· 258

禾风 (三首)\ 徐建中 ············· 268

嘉兴人(三首) \ 莫永强 ············ 275

老布店(二首) \ 王铮 ············· 282

乌镇散笔 \ 潘月玲 ················· 286

后记 ···························· 290

小　说

金问渔，20世纪70年代出生，小说、诗歌、报告文学、散文等作品散见于《中国作家》《诗刊》《花城》《青年文学》《北京文学》《上海文学》《星星诗刊》《诗歌月刊》《诗选刊》《青海湖》《雪莲》《文学港》等文学刊物，并有诗歌与散文入选权威年度选本。现为中国诗歌学会会员、浙江省作家协会会员、海宁市作家协会副主席。

羊事 金问渔

贵堂从乡政府回来后闷闷喝了几口酒,然后在羊圈待了半晌,望着那只形影相吊的公羊,心中打定主意从此不再养畜生。

为补偿偷羊贼家属的事,政府已找了他许多次,并辗转通过各种社会关系传过话来,搞得像前年拆迁一样,贵堂都没给好脸。今天在民政助理办公室看着对方孤儿寡母,不知怎么的,心忽然就软下来,签了那协议。那个年轻公务员显然是如释重负,贵堂却惴惴不安,他知道,这两万拿出去,老婆、儿子肯定不依,要有一场家庭风暴发生了。

公羊踱着方步,望望槽里没吃完的嫩草,又歪着头打量贵堂,眼睛水汪汪的。贵堂走过去,摸着它的头,长长叹了一口气,说,你这个讨债鬼啊!

事情已过去半个多月了,还不时有人到这儿参观,瞧瞧这只传奇的羊,"它怎么就把那么个五大三粗的人搞死咧呢?"

那一天,贵堂早上刚起床走到灶间,就隐隐闻到一股血腥味。打开后门往羊圈一看,吓了一大跳,满眼都是让人晕乎乎的血渍。血里蜷缩着一个人,右手握一把三角刮刀插在胸口,早已没有了气息。而自家养的那只大公羊没有丢失,躲在角落里,有些惊恐的样子。

县、市公安赶来后,很快就认定死者正是他们在缉拿的几伙偷羊贼之一。但这么个死法,倒让人颇伤脑筋。

血渍里有很明显的几个脚印,经对比排查,偷羊贼应该还有一个同伙,慌乱中人溜走,痕迹却留下了。

于是一拨人追捕同伙,另一拨人继续开会研讨做现场推理。省城请来的刑侦专家得出一个大胆的结论:偷羊贼应是被自己"意外"杀死的!致命伤显然就是胸口这一刀,正中心脏,死者一只手还握在刀柄上,指纹也只有死者本人的,刀的角度、手臂的弯度符合本人一刀致死的连贯性。次日,同伙被捕,印证了专家的推论。

这些年一入秋,他俩就在这一带骑着摩托转悠,白天踩点、晚上偷羊。一开始偷活羊,羊咩咩咩地叫,常惊动主人,抱上摩托还挣扎,好几次差点被逮住。后来就决定现场把羊杀死,带死羊走。他们准备好一块大毛巾,放在盐水里浸透,偷羊时,先用毛巾捂住羊嘴,然后把羊头用左臂夹在腋下,羊闻着了盐的味道,此时也不会挣扎。这时,便拿出三角刮刀,往羊的颈动脉上一刀。待放完血,羊停止抽搐,才把夹羊的胳膊放下,然后一人驾驶,一个抱死羊倒坐在后,迅速逃离。那一天,把羊头夹住正下刀时,羊突然狠命一跳,躲开了刀锋,原本恶狠狠刺向羊颈的刀竟顺势插进了自己的左胸……

贵堂想,公羊这是在报仇啊!去年的母羊就是这样被他们搞死弄走的吧?当时地上满是羊血,公羊看在眼里,早上还有眼泪呢。当年这一公一母的小羊一起抱来圈养后就没分开过。母羊被窃后，公羊过了一年多"鳏夫"生活，半夜里老是伤心地叫唤。

案子破了，死者家属一伙人却找上门来，说羊是凶手，羊的主人须赔钱。贵堂气啊，这年头怎么有这么不讲理的人？村里的人聚起来把他们赶了出去。家属们不敢再来村里闹，就闹到县里、乡里的政府部门。政府的人就来做工作，总归是你的羊把人家弄死的，多多少少赔一点吧，闹得我们都不能正常办公了！

贵堂说，法律上还规定有正当防卫哩！你们说羊是凶手，它该不该判刑，让法院来定，法院说该判，把它抓到监牢里关起来好了！

政府的人哭笑不得，事情就一直推推搡搡做拉锯战状，对方"相帮"的家属越来越少，最后只剩下死者的老婆拖了一男一女两个孩子整天到乡政府哭哭啼啼。

那天贵堂又极不情愿地被"请"到乡里，民政助理装模作样对双方循循善诱一番后借故走开了，让他们自己再切磋切磋。寡妇不出声，贵堂也不响，两人就面对面呆坐着。贵堂看着她，一脸的菜色，身子瘦瘦的，穿着一套明显肥大的旧衣服，看上去四十已出头。再看她身边的两个孩子，一个大约七八岁，另一个五六岁的样子，衣服都打着补丁……他心中一动，这是个苦命的女人啊，面相与年龄相差了这么多！再想起前几次对方乱哄哄地闹，而她始终悲悲戚戚，没说过一句话。心想，我是不是绝了点？同情心都没有了？

贵堂当过近十年的村支书，汶川地震那年，他个人一下子捐了 1 万,平时也经常 1000、2000 地捐助贫困学生,当年自己办了个家庭作坊织被面,经济条件好。贵堂想,如果对方是个不认识的穷困寡妇,又拖了两个未成年的孩子求上门来,自己少不得要帮上一把。

那两个孩子安安静静待在母亲身边,小一点的男孩扑在妈妈的大腿上,嘴里念念有词,好像是自己在给自己讲故事;大一点的女孩在翻看一本脏兮兮地卷着角的破画册,贵堂眯起老花眼一看,隐隐看到"民间故事"四个字。

今天又不是星期天,她怎么不去读书啊?贵堂叹息了一声,猛地站起来,在那份乡民政助理早已拟好的协议书上签下了自己的大名:徐贵堂。

回来的路上,贵堂又后悔起来,家里怎么交代哪?

摸着公羊温暖的头颅,贵堂想,让老婆骂一顿就骂一顿吧,大不了晚上睡到羊圈里来!

转眼又是春暖花开的季节了,那一天,乡民政助理打电话来让贵堂去一趟乡里,贵堂问什么事,助理说反正不是烦心事!

贵堂信步走去,远远看见一女一男两个孩子在乡政府前的广场上和一只小羊在"战斗",小羊边啃着石缝间的嫩草,边偷觑着两个孩子,老想跑到远处的庄稼地,小男孩用一根树枝管得气喘吁吁。

小男孩看到贵堂来了,稚声稚气地说:"徐伯伯,我妈妈让我们把这只小羊给你送来,是雌的!"说完,把手里的树枝递给贵堂。

贵堂呆住了,用手一抹,老眼竟有些湿润!

　　莫飞，2003 年开始创作。散文发表于《人民公安》《平安时报》等报纸杂志，小说见于《烟雨楼》《当代小说》。

谁是陈小北 莫飞

一

中午 12 点，陈小北从十七楼下来。她没有感受到正中午的太阳发出的耀眼光芒，她跟随着高楼的影子像被人牵引的幕布，一直走到马路对面。阳光开始从电视台广场的喷泉上向陈小北抛洒过来，她眯起眼睛从喷泉旁边斜插过去，进入一段极短的甬道，出口是被四周高楼拥挤着的窄小街道。街道上茂盛的梧桐树叶遮蔽了各式店名，此刻从四周高楼里涌出来的人流像鱼一般游了进去。

陈小北也是那条到了中午要吃食的鱼，这一条街上大大小小的中式的西式的餐厅她都去过了，也不会固定，看哪家店人少，她就会往哪儿钻。至于吃什么，她不太在乎。

陈小北准备把套餐里附送的汤喝完时，她发现周围的人盯着对面墙上的电视机。她抬起头注视电视机的时候，电视里的声音才传达到她的耳朵里。一个穿着白色裙子的女孩在唱歌，声音很清丽，还有点忧郁。陈小北知道这是一档唱歌的选秀节目，她平日里除了晚上看本市的整点新闻，对娱乐节目不感兴趣,也不看电视剧。她认为电视里演得太假,动不动哭个肝肠寸断,寻死觅活。人生的确有许多悲痛的时刻、无可挽回的瞬间,但都不是哭可以诠释。那怎么样才可以描述人在惊恐和无助下落泪的怯懦呢? 陈小北停止了思考。

女孩的声音像一根轻柔的丝线,慢慢地把陈小北的视线再次牵回到屏幕上。

白裙子的女孩唱完了,镜头落在穿花色衬衫的男主持人身上。他说起话来,声音听上去有些激动,却还是用了非常沉静的语调:"她跟所有美丽的少女一样,拥有着美丽的容颜,拥有动人的歌喉。她也跟所有今天参赛到最后的选手不一样,她看不见。从出生开始,她的世界里只有黑暗。可是今天,她用百倍的努力走了出来,用坚强的意志站在了这个舞台上,展现了自己的美丽。"

镜头切换到台下,许多人正感动得唏嘘起来。

镜头又给了白裙子的女孩,她纹丝不动地站着显得有些僵硬,嘴角努力噙着一丝微笑。她开始说话,嘴角有些哆嗦,把微笑吓跑了。"我今天能站上这个舞台……要感谢许多人,但我最想感谢的人我却找不到她了……我不知道她到哪里去了。"她停顿了一下,陈小北注意到她紧紧抿了一下嘴唇。"我要寻找一个给我生命希望、给我无限阳光的人……大家知道,我是一个失明的人……所以我想通过大家的眼睛帮我寻找……谢谢!"白裙子女孩终于一口气说完,她深深地朝着观众席鞠了躬。

主持人轻轻拍拍有些激动的白裙子女孩说:"香香,你想找谁呢?"

陈小北听见了这个女孩的名字叫香香。

"一个对我有恩的人。"香香的眼泪流下来,"她在我生命里已经消失十一年了,我希望我还能找到她,让她带我去看树林里的房子。"

十一年……树林里的房子……香香。

陈小北喃喃地重复了一遍这几个词。

电视机里爆发出的掌声如轰鸣而至的潮水,以不可阻挡之势将陈小北吞没了。她感到呼吸困难,像溺水者伸出水面的一只手狂乱地去推店门。可门并没有推开,是谁帮了她一把,把她推到冬日的阳光下。她还沉溺在水底,水面的阳光树木行人和车流都和她相距甚远。她突然觉得身体的某个部位模糊地疼痛,接着变得越来越尖锐,她不得不停下来查看,她低下头,看到膝盖顶在喷泉的花岗岩上。

陈小北蹲了下来抱住膝盖,慢慢地,她感到有一丝空气慢慢地流到肺部,接着,血液开始缓慢地流动。猛然间,她从水中惊醒,蹿出水面,大口大口地呼吸。大口大口地呼吸,她的知觉唤醒了意识,她拼命看过路的人和车辆,集中注意力到某个人的鼻子、一辆车的号牌,可是,随记随忘。她继续慢慢走着,看到大街橱窗的玻璃把自己和行人搅和在一起,像一些幻影。

整整一个下午,陈小北看不真切东西、听见同事的讲话却不明白内容。她只得找一个空旷的会议室待着。四面八方一片寂静,寂静犹如实质的存在,压迫着她,像在深水潜泳。到了下班时间,她被一群人挤上了地铁又挤下了地铁,如同梦游症患者一样走到自己小区的楼下。

二

这一晚，陈小北在 7 点 30 分打开了电视机收看整点新闻。她只看到主持人的嘴唇在上下翻飞，一幅幅不真实的画面在她眼前，她感到虚空得可怕。

凌晨的时候她才开始进入迷迷糊糊的状态。黑夜里，满面蛛丝纠缠着的永远挣脱不了的梦魇：那个 12 岁一头短发被风吹乱的女孩轻轻地说，姐姐，我特别想去看看那片树林里的木屋。

陈小北坐了起来，未拉严实的窗帘里有熹微的光。她紧紧抱住自己的膝盖。外在的世界还暂且沉寂着，内心的世界却如远雷，殷殷动地而来。

十一年。一个很长的跨度，可以跨越无边无际的麦田、树林，到达树林后那个木屋。可十一年前的起点，却是一个无比巨大的蛛丝网，阳光下透明无色甚至熠熠闪光，但在深夜，这便是永远挣脱不了的梦魇。

陈小北梦里的这个女孩永远是 12 岁的模样，眼睛是两条狭长的缝隙，脸上长了几块癣斑，像阳光投射在斑驳的树叶上的阴影。存在陈小北脑海里的女孩已经模糊不清，十一年的尘埃越积越厚，真实事件的过往回忆只能像梦醒后一样虚弱无力地对梦里的情境进行徒劳的考证。

如今，她梦中 12 岁的女孩已长成一个纤纤优美的少女，一双永远注视着同一方向的大大的水汪汪的眼睛，款款地向坐在速食店里吃饭的 28 岁的陈小北走来。

黑暗中的记忆正千方百计从严密的茧里慢慢地爬出来。

这个女孩的面目起先是模糊的,从她眼睛开始,是粘连的上下眼皮,勉强睁开的话便是一条狭长的缝隙,里面是蛋青色的眼白。鼻子小巧,上面散落着几颗淡淡的雀斑,下嘴唇很厚,因为舌头经常光顾,有一层风干的白腻腻的皮,使嘴巴看上去僵硬,不善言谈。女孩的面目终于具象起来,这便是12岁时香香的模样,一个沉默的整日待在聋哑学校的姑娘。

香香没有聋也没有哑,她先天性失明。她会拉手风琴,会唱《蜗牛和黄鹂鸟》。在没遇到17岁的陈小北之前,她不知道外面有游乐场,可以乘坐滑梯像飞翔般滑行;不知道有一种花叫含羞草,一触碰就会害羞地卷起叶子;也不知道学校四楼的平台上能看到田野、树林,以及树林里露出屋顶的房子。

她所知道的世界,是宿舍通往教室的路,路边新长出几株狗尾巴草,她的手心能感觉得到它们正在挠痒。她可以很快地走进教室,在第二排第三个位置坐下,拿出厚厚的书,用手慢慢触摸着它们上面的凹凸,它们告诉她一个又一个故事,故事里的世界对她来说充满着新奇和陌生。有个女孩在窗口带着陌生和新奇的眼光看着她,看着她手指的移动,窗外一缕柔和的光线随着她丰富的表情而舒展着慵懒的身姿。17岁的陈小北就这样慢慢地走进教室,走进了12岁香香的世界里。

从陈小北走到教室的第一步,香香已从书上转移了注意力,她在静静地听。

"你在看……看书?"陈小北问得很迟疑,她无法确定这双眼睛在看书,或者手指在看书。

"看书。"香香的声音很弱,有那么一丝慌乱在里面。她知道这个陌生的声音不是学校的任何一位老师。

"你看的是什么书？"

"小鹿斑比……你从哪儿来，是我们的新老师吗？"香香问道。

"不是，我是义工，上个星期我们学校好多人到这里帮忙打扫卫生，还跟你们做游戏。那个时候，我没看到你。"陈小北这次来，是上周答应一个叫小菁的女孩，送一棵含羞草来。

"我不喜欢热闹。"香香把手指放在书上，反复划着。她是个孤僻的孩子，老师这样跟别人介绍她。

陈小北不知道怎么接香香的话。在来做义工前，老师曾关照过，不要乱说话，这些特殊的孩子比较敏感。

"那你认识小菁吗？"

"认识，就跟我住一个宿舍。"香香说。

"你宿舍在哪呢，我给她送含羞草去。"陈小北本来想说，你带我去吧，一看香香的眼睛，就没说。

"含羞草是什么？"香香很感兴趣的样子。

"一种花，只要一碰到它的叶片，它就会害羞地卷起来。"

"真的？有这样的花？我从来没有听说过……你带着那花吗？"

"带着，在我手里。"

"能让我摸一下吗？"香香拼命压抑着兴奋所以声音有些颤抖。

"当然。"

陈小北看香香准确无误地起身朝自己的方向走来。

陈小北把花放在讲台上，香香伸出了手，指甲修得长短不一,很毛糙,像用嘴啃过一样。

陈小北拉过她的手指,去轻轻碰一下含羞草的叶片。她的手指迅速缩回有些担心地问:"叶子合起来了吗?"

"是的,它害羞了。"

"可我看不见它,它也害羞啊?"

"但你碰到过它了。"

"你说它为什么这么奇怪?"

"世界上奇怪的东西很多呢。"

香香领着陈小北去宿舍找小菁。小菁对含羞草爱不释手,她是个少了一条胳膊的瘦弱女孩,甩着空荡荡的一个袖管,拉着陈小北去外面花坛上种含羞草。陈小北从门口看着放着两个高低铺的拥挤的宿舍,香香坐在下铺光线黯淡的角落里一言不发。

小菁告诉陈小北,香香这个人不喜欢跟别人说话。她们一般都是一到周五被父母接回去,而香香要过好几个星期才有人来接,有时也不接她回去,就来看她一下,她连学校每个月的杂费都交不出。

陈小北走的时候,香香跟着她到了门口。水泥地面上两个人淡淡的影子挨着一棵香樟树的影子。陈小北想到,香香看不见。陈小北一时觉得难过,给香香讲了一个关于影子的故事。从前有一个人,将自己的影子卖给了魔鬼,获得了无数的珠宝。可是他走到哪里,别人一眼看出他没有影子,认为他是个怪人,大家都不喜欢他。他没有朋友,感到孤独极了。他想尽办法赎回影子,可是魔鬼不答应,所以他只能在没有月亮的晚上和被云遮住的白天才出门,一直孤独地生活着。

"姐姐，我也有影子的，对吧？"香香拉住了陈小北的手。

"当然，每个人都有。"

香香扶着学校的铁门，门口垂挂着被风吹乱的爬山虎，跟她一头茫然无绪的短发一样，她在陈小北的背后喊："姐姐，你能不能也送我一棵含羞草？"

三

陈小北通过自己的职业圈子，知道香香住在电视台附近的酒店里。她在酒店大堂的咖啡吧里看了当天报纸的娱乐新闻，有一个整版都在讲香香的出生和遭遇。有一些是陈小北知道的，譬如她的亲人只有父亲，在慈育学校长大。她不知道的是15岁以后的香香在福利厂工作，双手重复装订着纸箱，为了在那重复枯燥的生活里添加色彩，她在空旷的车间里唱歌。大伙都说她唱歌好听，厂长推荐她参加电视台举办的歌手比赛。她很自卑，觉得自己太丑上不了台。好心的厂长专门送她去医院安装了义眼，她就登台了。也许是真的她的歌唱得好，或许是她一直在意的先天残疾帮助了她，她站上了高高的舞台。电视台通过这颗熠熠闪光的新星获得了更大的收益，就专门派出栏目组，帮助香香找这个曾在她生命中给予她希望和光明的人。

陈小北的目光就此停顿，她几乎是一个字一个字艰难地吞进去，然后再反刍它的意思。目光之外一行人扛着摄像机急匆匆地走过，接着又走回来。陈小北抬起头，她看见一个穿着天蓝色裙子的女孩被簇拥着。她微笑着，脸被精心装饰过，眼睛很大，闪着一种凝固的光泽。

这是香香吗？

陈小北隔着咖啡吧的玻璃看着香香以及她周围和她交谈的人。咖啡吧里的几个人也像陈小北一样侧着脸看着玻璃外面的热闹。这个时候陈小北不害怕，她在玻璃这边沉默，香香在那边笑，她们之间暂且还隔着玻璃。可这玻璃早晚会碎裂成一地扎人的玻璃碴，陈小北仿佛看到它碎裂后扭曲的面孔及狰狞的棱角。

陈小北远远地跟着香香。她看他们去了她曾经住过的小区。他们坐在龙槐树的绿荫下跟老人们打听，可老人们一个说有，一个说没有，叫这个普通名字的人太多了。

香香坐在小区的绿漆长凳上，脸微微仰着，零碎的光点从龙槐树缝隙中洒下。陈小北长长地吁了口气，在离她百米的距离之外，香香鲜亮地活着。在过去的时光，她曾一度那么害怕过，怕香香会死在那片麦田，成为腐烂的尸体；怕小区里巡查的警察，怕家中的电话铃声。可过了一段时间，陈小北又相信香香不曾死去，她只是躺在村里的麦田中，有人会发现她，会救起她，会继续送她到慈育学校去。

香香在陈小北反复的揣测里不断地死去又不断地复活着。

此刻鲜活的香香领着电视台的人去了陈小北读了一年书的高中学校，还有那个老旧的等待拆除的游乐场。有人在向香香描述游乐场的环境，香香脑袋转来转去，好像在空气中发现了什么。接着她在人指引下坐在斑驳掉漆的滑滑梯旁，接过别人递给的纸巾，轻轻擦拭了一下眼睛。

四

陈小北在下一个周末就给香香送去了含羞草。以后的每个周末,陈小北都会沿着废弃的货运铁轨步行半个小时,经过一个不大的湖泊,湖边栽着棵孤零零的柿子树。陈小北每次都会停下来看看柿子树,她觉得这棵树跟香香很像,总是沉默着把孤单的影子静静地投影到像镜子一样光滑的水面上,从来不发出很大的响动。

陈小北给她们宿舍的四个女生带麦片、豆奶、饼干,香香总是最后一个过来拿。她慢慢地把拆了包装的饼干放进嘴里,咬了极细小的一口抿在嘴里,过一段很长的时间再去咬一口,又用食指去触摸一下刚咬过的地方。

香香不爱说话,可喜欢跟着陈小北。陈小北走到哪儿她都会默默地跟在后面,就像影子一样跟她保持着一定的距离。学校四楼有一个很大的平台,这是香香以前从未知道的地方。陈小北顺着铁梯到平台的时候,香香顿时失去了方向。陈小北就拉着她,小心翼翼地把她带上了平台。

"这是哪里?"香香能感受得到四面吹来的风,她站在一个空旷的地方。

"你们学校四楼顶上的平台,这里视野开阔。"

"能看到什么?"

陈小北沉吟了一下说:"一片即将收割的麦田,有一条土路从中间穿过,一直……一直到远处的一个树林,好像是杉树,树林里有一座房子,能看到一个屋顶。"

"童话里的小矮人都是住在树林的木屋里。"

"也许那木屋里也住着小矮人。"

两人漫无边际地聊天,一直到学校晚饭集合的音乐《致爱丽丝》响起第二遍才顺着颤抖的梯子爬下去。

当含羞草开出第一朵紫色的球形状花朵时,陈小北拉着香香的手去触摸。像当初触摸叶子般,香香的脸上充满着惊奇和幸福。陈小北问她:"为什么周末不回家?我听你班主任说,你爸爸来接过你,你不愿意回去。"

"我就不愿意。"

"为什么?"

"不为什么。"

"你是个固执的孩子。"陈小北摸了一下她的一头短发。

陈小北带香香去了游乐场,坐滑滑梯。香香咬着嘴唇从高处像风一样滑下来,脸色发青。可她坚持还要玩一次,这次她把嘴巴张大了,脸通红着,尖叫着向下滑行,直到陈小北把她抱住。回去的公交车上,香香靠着陈小北的肩膀睡着了,还流着口水。陈小北眼前掠过香樟树、梧桐树及开着红花白花的夹竹桃,她的心情一直处于激昂状态。从香香尖叫着滑下来到此刻酣睡,她觉得自己充满了力量,但她不知道应该把这种幸福得颤抖的力量告诉谁,只能任由它在心里膨胀,直至有一天完全地破灭。

五

自从陈小北带香香去过四楼平台,香香自己也会摸索着上去。陈小北找不到她的时候,她一定在那里。她抱膝坐着,用沉思的神情望着前方,前方是陈小北给她描述过的麦田和远处树林里的屋子。她侧耳倾听,凝神屏息,仿佛在聚精会神地倾听一些别人听不见的声音。面对着一种巨大的无边无际的东西,她正试图努力地打开自己的胸怀。陈小北可以肯定,有一种东西在折磨着她。

"姐姐,你可以带我去树林里的小屋吗?"香香的话被风吹得柔软无力。

"好啊,下次我带你去。"

"姐姐,你说那个小屋里真的住着小矮人吗?"

"那是童话。"

"童话里的东西就真的不存在这个世界上吗?"

"也不一定……现实中也有白马王子和灰姑娘。"

"姐姐……"

"嗯。"

陈小北跟香香背靠背坐着,她感觉到香香的背在颤抖。

"你把你的心事告诉我,我把我的心事也告诉你,我们交换秘密怎么样?"陈小北一说到秘密,只想到那个帮她回家写作业的高个子的、一脸阳光的男生。

"我的大伯欺负我。"

"欺负?告诉你爸了吗,叫你爸帮你出气。"

"我……我大伯,他是个没有老婆的人。"

陈小北转了过去,看到香香把脸放在了膝盖上。

"他……你大伯怎么欺负你了?你说出来,我们一起想办法。"

"我每次回去,爸爸去外面干活,他总是把我带到外面的柴草堆里,叫我脱裤子……一定要摸我。我不同意,他就打我,打得可凶。"

"一直没有告诉你爸爸吗?"

"没有,大伯说如果告诉别人他会打死我,把我扔到深井里去,没有人能够再找到我……还说我死了,我爸也少了个负担。"

"他是个混蛋。"

"大混蛋。"

这个混蛋长着一副芦柴棒的身材,干枯地裹在一件磨破了的白衬衫里,脖子很长,皮肤像开水里泡软的腐竹皮松软地耷拉着。一对混浊的黄色眼珠盯着对面裂了的墙缝,他有些局促地坐在靠门的一把竹椅上。身体稍微一动,竹椅就咿呀地叫,香香就会不自觉地挨陈小北近一些。

陈小北这个时候是香香老师的角色,她们并排坐在饭桌的方凳上,对门口的男人来说是一种居高临下的姿态。这个男人与其说是香香的大伯倒不如说是爷爷,苍老得像干旱庄稼地里的一株即将死去的豆秆,可他就是用这干枯的手去触摸香香稚嫩的身体。陈小北一想到这儿,胃里就翻江倒海。

陈小北进行完家访的几句套话后,就拉着香香从这个男人的身边走过,她停顿一下,盯着他发黄的眼珠说:"你对香香干的事我全知道,如果你再做出同样的事,警察会来找你的,你的弟弟会拿着锄头来找你的。"

男人的面部一阵狰狞的抽搐。

香香的手在陈小北出汗的手里颤抖着。

两人做着深呼吸,一步一步镇定地走到村口。麦浪向她们袭来,她们开始在风里奔跑,香香大声地唱着《蜗牛与黄鹂鸟》。

记忆开始凌乱不堪。在时间以外的那个片刻,在那天昏地暗、百感交集的迷惘的混乱中,为什么没有一种力量促使自己做出悲痛牺牲的想法,而选择逃跑。陈小北看到两个晃动的身影映在起伏的麦浪上向她们靠近。可她,被刚才的胜利冲昏了头脑,丝毫没有觉察到危险。她们背对着秋天西下的太阳,手指在麦穗上弹奏,不远处的河流在向某个方向流去,发出舒缓的水流的声音。接着,有两个斜长的身影落在她们眼前的麦穗上,发出的声音像旁边泥水沟里冒出的泡泡一样含混不清。他们分工明确地钳住了女孩们瘦弱的胳膊,她们奋力挣扎无非是在身边搅起了许多尘土。她们的喊叫在空旷的田野上无人应答。她在被扯掉外套的一个瞬间,突然有了挣脱的机会,迅速从束缚中挣脱开来,跑进了麦田里。醉酒的男人似乎没有力气追她,在那里骂骂咧咧。这时她从另一个男人的身上看到香香的脸,她的五官扭曲在一起,嘴巴里叫着:"姐姐,姐姐!救命、救命,救命啊……"在她迟疑的几秒钟里,隔着几米距离的男人重新向她扑过来,她向河边的芦苇丛中跑去,能感觉得到胸部因为没有空气而要爆炸。她听到身后追她的男人辱骂的声音越来越远。她钻进了芦苇丛里。过了多久,她不知道。她一直蹲着,太阳穴突突地跳动着,她什么也听不见。过了很久,她才缓慢地把蹲的姿势改成了坐下,周围的一切仿佛在围着她旋转。她看到了水在平缓地流着,她听到不远处的一声鸟叫。她终于重新发现了自己的存在。意识和知觉重新回来,她意识到麦田里的香香已经……

她突然害怕得走不动路，只能缓慢地爬出芦苇丛。麦田在沉静的暮色里没有一点声息。茫然和自责，甚至还有绝望的东西把她缠绕住了。她没有去找香香，一个人跌跌撞撞地不知道用了多少时间走回家。这一天的时间，漫长得像过完了一个人的一生。

一夜之间，她像一只蛹，用光了所有积蓄的能量，把自己严丝合缝地包裹起来。第二天她求在高中教书的爸爸帮她去改名，接着又转校。她像蒸发一般从慈育院里消失了，从相识的同学间消失了，从那位爱慕的男同学视野里消失了。她曾在深夜里对着镜子哭诉自己陷入的孤独境地，可又恶狠狠盯着镜中披头散发如同幽灵的自己，她用恶魔般狰狞的声音指着镜子：你就是那个把影子卖给恶魔的人，你应该受到这样的惩罚。

她相信躲在茧里的她，渐渐地便会忘记这一切。可她忘记了她将自己囚禁的事实，她发疯般地学习，拒绝跟人聊天，拒绝跟父母谈心。高考前有心理辅导老师谈话，她眼睛定定地望着戴着厚厚镜片、烫着一头卷发的老师，她在老师的镜片上看到 18 岁的自己，沉默阴郁。

六

香香去废弃的铁路是陈小北事后看报纸知道的，她不能跟他们走得那么近。可他们却一步步地走近了自己。陈小北慢慢觉得与其说香香这是一场寻觅，倒更像是一场怀念，或者只是电视台的作秀。

月亮出来了，陈小北踏上那条茅草丛生却被月亮照得发白的铁轨，铁轨像一架梯子，通向几棵树的顶端，或者是通上树顶的一个秘密。陈小北走到了那棵柿子树下，水汽氤氲的湖面模糊了月光。她仰着头，很想说些什么，两片嘴唇像哑巴一样张着，仿佛除了一丝受惊的空气之外还有别的什么东西挣扎着要出来。但是嘴唇发不出声音。陈小北蹲下，接着又跪倒在柿子树下，她拼命地哭起来，她知道有些东西真的永远无法表达了。就像她整天看的整点新闻播报的男主播，是她曾爱慕的高大阳光的男生，如今就在对面的楼里办公，可她也无法走上前去告诉他，她是谁，她拥有两个南辕北辙的名字。

陈小北给香香住的酒店前台送了一盆含羞草。她扶了扶自己茶色的太阳镜告诉服务员，她非常喜欢香香，所以一定请把这件礼物送到她的手上。服务员狐疑地看了看陈小北，别人送鲜花、送玩偶，还没见过有人送一盆植物。

陈小北在花盆中留了言。小树林，我等你，我向你赎罪。落款，她犹豫了一下，写上了"陈小楠"。

电视新闻里预告了一场即将来临的台风，所有的新闻都是关于台风迫近的消息。

陈小北去了小木屋。

杉树耸立下的木屋破败不堪，一些顽强的藤类植物成了木屋的支撑，它们伸出有力的胳膊将木屋捆绑，又将手伸向周围的杉树，形成了牢固的拥抱。陈小北伸出手去触摸黑色的藤枝，一个个搏动着的生命血管。狂暴的风挥动着巨大的翅膀，像一个巨大的幽灵从树林的上空飞驰而过，耸立着的杉树发出怪唳的叫声应和着,而木屋摇动着身体,发出深沉破碎的声音。

这是十一年前香香最想来的地方。陈小北蹲在地上,先是慢慢地流泪,接着歇斯底里地哭了一场。她不知道哭了多少时间,风把眼泪都卷跑了。她听到了树林里杂乱的走动声,这些响声像在她的背后形成了一个半包围圈。声音又安静下来,陈小北突然觉得自己陷在了台风的中心包围圈里,听不到一点风声。

她想,这个时刻终于来了,香香来了。

可是没有人跟她说话。

陈小北说:"香香,你终于来了,我是陈小楠。"

对方没有声音。

陈小北继续说:"香香,这里没有住着童话里的小矮人,却住着繁茂鲜活强韧的生命……你就像这些藤蔓一样充满着力量,一直好好地努力地生活着。我们……不,是我早应该带你来看这个小木屋、来看这些植物……它们比我拥有力量,比我坚强……是我早应该来这里……这些年来,我内心积了太多尘垢,从来没有清扫过。它们让我呼吸困难,疲于行走……是你出现了,你是天使……从你一出现在我生命里开始,你就是天使。香香,请你原谅我……原谅当时我的怯懦、我的害怕。我不能保护你,甚至丢弃你一人在田野中……香香,你可以今生今世都不原谅我……"

风停止了吼叫,周围陷入了沉寂。

陈小北终于回过了头,她发现身边根本没有人影。她惊恐地朝四周看去,只有风卷起的树叶在空中飞舞。这个时候慈育学校晚餐集合的《致爱丽丝》的音乐被风裹挟着飞过空旷的田野，来到陈小北的耳边。她慢慢平静下来，在风声越来越紧的傍晚，抬起头，用渐渐清澈的目光看向了看不到的学校的方向。

　　蒋话,男,1990 年 3 月 1 日生,浙江嘉兴人,2009 年开始
发表作品,于次年加入浙江省作家协会。已出版长篇小说《乾
坤》《斋冷》《角》,发表短篇小说《小蒋故事》《杀手的礼物》《末
日的遗愿单》《密室里的超人》《我是萌芽派》等。

小贞的秘密 蒋话

一

"客人是南方人？"老板娘问道，拿起抹布擦了擦桌面。

"什么？"我疑惑地抬起头，长发一下子落到碗里的汤水中。

此时的我正在店里吃面。这个点儿已经过了午饭的高峰时段，店里只有稀稀拉拉两三个客人，也都坐在角落里，闷头吃着食物。

"刚刚听您打电话，口音很软。"老板娘说。

"哦，是的。"我回答。

"那客人知道粢米饭吗？"老板娘问道。她干脆在我跟前坐下，原来她并不是漫无目的的闲聊。

粢米饭……

我的目光随着氤氲的蒸汽变得恍惚，思绪却越来越清晰，流光般闪回到了那天。

遇上小贞的那个夜晚。

二

第一次见到小贞,是在电视机屏幕里,那天和少棠吵架,我稍微喝了点闷酒。

节目是《动物世界》,一个大男孩身处某片草原,满怀期待地看着我。在他身边则是一小群羚羊,对男孩的出现好似熟视无睹,竟然继续安详地于原地休憩。

"姐姐……"男孩殷切地看着我。

"叫我?"我指指自己。

"是啊,姐姐。"没想到电视里的男孩真的点点头。

"什么东西?!"我慌乱地抄起地上的扫帚,将头对准电视机,即使借着酒精作用,我也明显地失态了。

"不要怕。"男孩摸着自己的肚子,"我好饿,只是想从电视里出来向你讨些吃的。"

"贞子也想从电视里出来,结果呢?"我壮着胆一把拔掉电源,电视机"啪"的一声暗掉,房间里恢复了安静。

房间里出现了细微的流水声。借着月光,我看到一条银白色的细流从墙上有线电视的电线、插孔间流泻开来,又于墙角汇聚,聚成人形。

"姐姐。"男孩出现在墙角,大眼睛一眨一眨。我眼前一黑,双腿一软,当即瘫倒在地。

也不知道睡了多久,醒过来的时候我在沙发上,身上还盖了条真丝的被单。

"哦,只是个梦!"我摸摸汗涔涔的额头。

"不是的哦。"男孩弯下腰,清秀的面孔出现在我的视野里。

我再度昏了过去。

这就是我和小贞的初遇，真是丢死人了。

三

"这么说，你是从外星来到地球的？"我将冰箱搜了个遍，只找出一只包着尼龙袋的籼米饭，加热之后递给小贞。

"嗯嗯。"小贞一顿狼吞虎咽，连连点头。

"可是你会说我们的语言。"我歪着脑袋看着他，还是有点不大相信。

"我已经来了五六天了，掌握你们日常用语不是问题。"小贞满足地抹抹嘴巴，脸上泛起红晕，"太美味啦。"他眉清目秀的，两只随着浅笑出现的酒窝尤其可爱。

"其实，也没有什么好怕的啦……"

我忖道，赤脚走到音响前想放音乐挽回先前搞砸的星际友好局面。谁知一打开音响里面就放出《星球大战》的主题曲，吓得我赶紧切歌。

小贞告诉我，他的家乡叫信号星，星球上的居民相貌与地球人并无太大差异，却可以将肉身转化为信号，借由光缆、电线等媒介传输，于千里之外瞬间转移，抑或是直接进入显像管、伴音电路，让影像、声音均出现在电视上。来到这里之后小贞许久没有吃东西，今晚实在难以忍受饥饿，不得已打开楼下的有线电视电箱，随机穿越进了一台电视机，这才出现在了我的房间里。

地球的空气对于信号星人来说相当于慢性毒药，如果在地球上三年内不回到家乡,小贞会虚脱至死。不过小贞对此好像并不担忧,他坚信信号星人会留意到自己发出的脉冲波。

"信号星人不慎进入虫洞,跌到地球的案例不少哦,几乎都被安全接回去了。"小贞很有信心地挺起胸膛。

至于小贞发生"星际旅行"的理由嘛……

"那晚,我在苞米地里犯了错。"小贞羞赧地吮吸着自己的拇指,"一不留神就发生了时间旅行。"这时候音响里正在播放王力宏的《花田错》。

此后,小贞大约用了两个小时向我解释"苞米地里犯错"的意思,我则是一头雾水,完全不知道他在说些什么。

当晚,无家可归的小贞在我家住了下来,我让他睡客厅里的沙发,然后将自己的卧室门牢牢锁住。小贞告诉我其实大可不必这样,不同于地球,他们星球存在着三种性别,三人之间才会发生爱情,最后结婚也是三个人成立一个家庭。

我想象着婚礼上除了新郎新娘之外,旁边还站着一个胡子拉碴却有着细腻皮肤的第三人,肩膀上起了一片鸡皮疙瘩。

四

"客人,在听吗?"老板娘将短发捋到耳后。

"啊……你说粢米饭,我有吃过。"我回过神来。

"是吗,可以向您请教做法吗?"老板娘眉目舒展,"昨天中午有个姑娘点名要粢米饭,她自己也是一脸迷糊,只知道名字却说不出所以然来。有客人说,那或许是南方的食物。"

"其实,只在上海、湖州、温州一带有这种叫法。"我说,"不过粢米饭都是当作早餐,中午来买有些奇怪唉……那姑娘是南方人?"

"地道的北方人。"老板娘搓搓有些粗糙的手,"可能是去南方旅游看到或吃过,一直念念不忘。"

"这样的话,不是至少能说出大概的样子和配料吗?"我说。

"那也许是她家来了南方客人,她只负责出来买。"老板娘从柜台拿来纸笔,双手合十道,"我记性不好,麻烦您将配料做法写下来,那姑娘说今天还会来。"

"这点小忙不算什么的。"我让她不必在意,开始在纸上落笔。

五

跟着装潢公司出工的小贞总是最卖力的,不辞辛劳地在屋前搅拌水泥,楼上楼下一趟趟运送三夹板,对于工友的驱使,他也总是微笑着接受。

工友们却始终对这么一个忽然杀出的程咬金抱有成见。工人大伟甚至在买回来的粢米饭中掺入装修用的瓷片,告诉小贞这才是最地道的粢米饭。小贞当然没有怀疑,嘎嘣嘎嘣吃得津津有味,此后竟然每次都要在饭团中加瓷片。

大伟半开玩笑对我说:"心怡姐,这小子明显在表现自己,他是要追你。你把隔壁租房都空出来给他住也不怕少棠哥不开心?"

"讨打啊,管东管西的!"我笑骂。如果他知道小贞的身份,一定不会再问这种傻问题。况且,自从上次吵架后,我和少棠转入冷战期,一个多月没有联系。

这段时间我精神低迷,好在还有小贞,无论酒吧放纵还是游乐场减压,他都守在我身边。他看着我边喝边哭成泪人,我则嘲笑他在云霄飞车上将嗓子喊成公鸭。

游乐场回来的那天下午,小贞忽然兴奋地打电话给我,说那里的魔术表演给了他启发,如果自己成为魔术师,就可以不白吃白住我的了。

第二天,我陪他去游乐场应聘。当他用手指触摸配电房里的电缆插头"嗖"的一声消失不见了,几秒钟后又出现在六十多米高跳楼机的顶端时,我看到招聘大叔惊奇地瘫坐在地上,而围观的人们已爆发出了阵阵尖叫,以及排山倒海般的掌声。

小贞名声渐渐传开了,他的魔术或者说是"幻术",吸引到明星甚至是政府要员前来观看,很快拥有了一套个人的魔术班底,一个位于市中心的魔术舞台。

表演任务如此繁忙,小贞却总能抽出时间陪我谈心。那天下班后,我们骑着单车来到郊外,两个人坐在草地上,看着火红的朝霞如天鹅绒一般铺满天空。

"小贞,帮我找把铲子。真想敲死少棠那家伙,也就不烦心了。"我平躺在草坪上,咬着嘴唇赌气地说。

"虽然很支持心怡姐的做法,但我们信号星人热爱和平,铲子我就算有也不会提供。"小贞一副为难的样子,"不过你可以试着去农用商品店买,出这条路右拐就有一家,去得早应该还开着。"

"去你的!"我失笑,起身将他鸟窝般的头发弄得更乱。

"说真的,心怡姐可以算是我最亲近的人。"小贞挠挠头,不好意思地笑了。

"鬼信你,你说这话可要让信号星的小伙伴伤心的。"

"在信号星,别说朋友,即使是亲人,关系也不密切的。"小贞的笑容变得勉强。

"为什么呀?"

"因为特殊能力……啊,还没告诉心怡姐呢,我们信号星人还有第二个特殊能力。"小贞转过头来,用深蓝色的眸子看着我,"我们的视线能够穿越时间,直接看到除自己外任何人生命尽头的情景。"

"这么说,你能看到我是怎么死的?"我背脊一阵凉飕飕,却又有些兴奋。

"但是我不能说,连暗示都不可以。"小贞垂下头,"因为我的原因让对方改变了命运,我会受到惩罚,失去信号星人的所有特有能力,肉身也会消亡于信号星空气中强大的电离物质里。"

"所以,这就是你们星球人感情冷漠的原因。"我恍然大悟,"情感一深,就会忍不住说出生命尽头的景象,替那人避去灾祸。"

小贞点点头。

"其实大可不必这么悲哀。"我躺下,将双臂放在脑后,"每个人终归要面对死亡。改变命运,也只是将期限延期罢了。结果有时候并不重要,重要的是享受过程。不是吗?"

"是啊,如果痛苦,活得再长又有什么意思呢?"小贞说,

"所以心怡姐你要振作起来,开心一点,干吗折磨自己。"

"好哇,在这儿挖坑等着我!"我蹙起眉头,佯装生气。

"哪一天我回信号星了,心怡姐会伤心吗?"小贞忽然问道,吞吞吐吐的不太好意思。

"不会。"我回答,天空染成了藏青色,四周变得更加静谧、幽静,"因为我可以躺着,用整天时间回忆与你一起的点点滴滴。"

六

随着与少棠关系的缓和,我与小贞相处的时间变得稀少。小贞对此也是心知肚明,干脆全身心扑在魔术表演上,以免打扰我们的二人世界。

那天傍晚,我与少棠在逛街,饭后接到小贞的来电。

"心怡姐,我有重大消息要告诉你。快来炉石酒吧,我请客!"电话里的他非常兴奋。

我当然不愿扫了他的兴,与少棠一同前往指定地点。

卡座里的小贞喝着酒,开心地随着音乐扭动着自己的身躯。看到少棠后,他整个人忽然僵住,脸上的表情也变得不自然。

"怎么了这是。"我笑着问小贞,"不是有重大消息要告诉我吗?"我与少棠就座,少棠的笑容也有些尴尬。

"是啊……"小贞生硬地笑道。

"那我先说了,我也有个重大新闻!"我挽住少棠的胳膊,"我已经决定和你哥把公司搬到北方去了,你要不要拓展事业,一起一路向北?"

"他们明天要来接我。"小贞苦笑,"心怡姐,我得回信号星了。"

"……这是好事啊。"我的笑容很茫然,连我自己都觉得很假,"什么时候走?给你送行。"

"明晚接我的同胞会来看魔术表演,算是验证我是否在地球丧失信号星人的能力。"小贞将两张门票推到我们跟前。还是有些闷闷不乐。直到酒水下肚,几个玩笑过后,我们终于又打成一片。

"心怡姐,一定要来看我演出,那可是最后一面了。"小贞哭得很伤心,一杯杯灌自己,凌晨3点还不肯离开,最后被少棠背着回公寓。

"多陪陪他。"少棠将小贞放在床上,拍拍我肩膀后离去。

我坐在床边椅子上,静静地看着小贞,在天亮前还是睡了过去。

离别的时刻终于到来。

那天傍晚,魔术舞台上霓虹闪烁,光亮耀眼。台下也早已聚集了大批观众,宛如一场盛大的聚会。

"小贞还联系不上!"台下的我边打手机边焦急地看着表。表演马上就要开始,而小贞一清早就不知去向,手机也打不通。

少棠面色凝重:"你说他会不会舍不得离开你,故意错过这次机会好长久留在地球?"

"不可能,地球的空气会要他命。"

忽然,人群中传出阵阵欢呼。我下意识抬头,一个身着条纹礼服的人出现在舞台中央,正是小贞。一台巨大的液晶屏正从舞台下方升起,足有两米多高,屏幕里正在播放本地新闻联播。

小贞让助手拿来铁棍般的螺丝刀,几个人合力将液晶屏左侧椰子大小的螺丝拧下,内部的主板和电源板很快裸露在观众面前。小贞狡黠一笑,整个手掌忽然往电源板上拍去。

电光一闪,小贞于舞台人间蒸发。与此同时,他的身影出现在液晶屏里,扭动腰身在主持人身边跳起变相怪杰的奇异舞蹈。屏幕里的主持人则一脸严肃地继续播报新闻,全然不知已被人戏耍。

掌声如潮水般响起,将表演推向高潮。

"心怡姐,再见了!"

不知是不是错觉,我仿佛听到屏幕里小贞正看着我说道。

再见,小贞。

那天之后,再也没有人见过小贞,他只存在于我的记忆中。

七

"好了,你看看。"

我将写着用料的纸交给老板娘,这时候昨天的那位姑娘也来了,两个人肩挨肩凑在一起细看。

"哦,和糯米饭也差不多,里面再搁点糖放根油条。"老板娘摘下老花镜。

"是啊,其实网上肯定能查到。"我说完拿上拎包打算离开。

"试过,查不到的。"姑娘无辜地说。

"这点我作证。"老板娘起身,打算准备用料。

"会不会打错字了,粢米饭的'粢'有点冷僻的。"我说。

"字是他写给我的,应该不会有错呀。"姑娘从口袋里掏出一张皱巴巴的纸条递过来给我看,正中央三个字歪歪扭扭,却如一把利剑刺穿了我的胸膛。

瓷米饭。瓷片的瓷。

我愣在那里。

那姑娘见我脸色大变,上前关切地询问。我一把攥住她的手,用颤抖的声音问道:"要你买粢米饭的人,是不是一个年轻的小伙子,笑起来的时候,嘴角下还有酒窝?"

"你怎么知道?"姑娘被我吓得不轻。

我脑中"嗡"的一声,险些站立不稳。

小贞没有回去,他没能通过最后的验证。理由或许只有一个⋯⋯

我想起酒吧里,心情忽然大变的小贞。那是他第一次见少棠。我明白了,那时候,他看到了少棠生命尽头的情景⋯⋯或许遭遇抢劫,或许是车祸,总之灾祸即将发生在离开酒吧回家的路上,所以不沾酒水的小贞会喝得烂醉,迟迟不离开酒吧,他这一拖延行为替少棠避去了灾祸。

小贞自己,却因此丧失了信号星人的能力。

那天傍晚,他并没有穿越到液晶屏上,那只是他事先准备好的录像,白天的玩失踪,实际上是找新闻主播,与他一起商量录影去了。舞台上的人间蒸发,也不过是道具效果,借助刺眼的电光,小贞一定是落到舞台下方的暗室中了。

那是一次真正的魔术表演,蒙在鼓里的,只有我和少棠。

八

一间干净整洁的房间。瘦削的小贞躺在床上,身上盖着洁白的被子。听到开门声,小贞睁开眼睛,他一定以为保姆带着籴米饭回来了,看到的,却是噙满泪水的我。

"心怡姐……"小贞蠕动嘴唇费力地吐出几个字。地球的空气已经将他摧残得骨瘦如柴,凹陷的眼眶中没有一丝神采。

"我都知道了。"我强忍住泪水,"可是你为什么要变一场魔术,干吗偏偏要瞒住我和你哥?"

"你说过,过程很重要。可是有时候,美好的结果,却能将过程映衬得更加炫目迷人,值得回忆。途中的荆棘、倒刺,也将在回忆里化作最美的钻石与水晶。"小贞说。阳光洒满了他的脸庞,他的嘴角又露出了招牌式的酒窝,"你要相信,我已经平安地回到信号星了呀。这样,当你忆起我的时候,便只剩下美好。"

我将他有些的干瘪的手贴在脸颊上,终于再也无法忍住,失声哭泣起来。

　　草白,1981 年生,浙江三门人,现居嘉兴。2008 年开始散文创作,2010 年写小说。作品散见《江南》《山花》《天涯》等杂志。短篇小说《木器》曾获第 21 届"联合文学小说新人奖"短篇小说首奖(2011 年),收入《2012 青春文学》。获第二届"浙江作家网青年文学之星"提名奖。散文《面容研究》被《新华文摘》转载。短篇小说《医生家的晚餐》被《小说月报》选载。

在瓶山上做梦 草白

十年了，他们在同学会上再次相遇。

这是十年之后，他们第一次返回禾城，孟晓静和赵仁宇，他们只在此地逗留两日。时光飞逝，转眼，两日时光只剩下最后两小时了。孟晓静的 K126 次列车将在下午 5 点 15 分准时抵达禾城火车站，而赵仁宇则在她离开半小时后出发。届时，一个南下，一个北上，又是关山遥隔几千里。

现在是午后 2 点 38 分，两人从维也纳酒店出来，在路边绿化带处足足等了二十来分钟，也没有出租车来载走他们。赵仁宇提议步行去火车站，反正时间足够，恰好可以悉心观赏沿途风景。孟晓静也流露出同样的意思。两人慢慢吞吞汇入禾城的人流中，像许多年前那样，他们非常渴望能说点什么。

"这里变了很多哇！当年可没有那么多车子！"她笑着说。

"哪里都一样啊，可到底要比大城市安静些。你都不知道我每天是怎么上下班的，一天中总有两三个小时是在路上。每当这样的时候，我就特别怀念在这里的日子！"他轻松而随意地诉说着，对能走在这样的路上感到满意。

"我那里也一样啊,每天像赶赴刑场一样赶着去上班,哪有时间走路啊。"她得体地微笑着,似乎对这样的话题蛮感兴趣的。

"怎么走那么快啊?"他追了几步,跟上来了。

"习惯了,走起路来像跑一样,真不好意思。"她努力放缓脚步,想找个话题和他聊聊。

他们并肩走着,走了好一会儿,还是不知道说什么好。刚才那些话,和谁都可以说,他们之间,应该说点别的。在昨天晚上,他们喝了很多酒,也唱了很多歌,可并没有得到说话的机会。同学会总是这样,闹哄哄的,喝酒K歌消夜,散会。开完会,倒比不开还要陌生。

可他们不一样。她想着还有两个多小时,他们还要在一起两个多小时,她的心就一阵狂跳。之前不是做梦都想着要和他谈谈吗?

越秀路比当年更热闹了,店铺一字儿排开,小贩沿街叫卖,学生模样的人进进出出,他们忍不住在人群中热切地张望起来。

"刚才,有个女孩的背影非常像你。"他忽然说道。

"哦?是吗?"她淡淡地笑着,似乎带着嘲讽的意味。并没有对这种话题表现出应有的兴趣。

他也没有再说什么,可眼角的余光一直投注在她身上,月光一样,淡淡融融的,让她觉得不安。

她经常梦见自己走在这条街上,就是现在这个样子。身边有一个人跟着,她也不和他说话,就是现在这个样子。

她忽然弯着头对他说了句什么。

"哦,你还做梦啊?都梦见什么呢?"他马上含笑问道,似乎对此很感兴趣。

"没什么啊,都是一些奇怪的事。"她忽然不想说梦了,对人谈梦,总觉得怪怪的,近乎在一个陌生人面前撒娇。

"有一次,我梦见自己在啃猪油大饼,啃了一半,那饼掉在地上了,怎么办呢,我马上伸手一捞,硬是把它从地上抢回来。"他开始说梦,说梦里的自己如何忘不了这里的一切。

她没有接腔,也不反感,他竟然和她说起这些来,也不像是假的。他说了一会儿,见她默默的,也就不说了。他们随意往前走着,东看西瞧,路过烧饼摊,寿司店,拉面馆,奶茶铺,都没有进去,偶然瞥一眼,它们就过去了。她想着最好马上找个话题,不然这一路走过去,会尴尬的。

她忽然想起一件事。

"你还记得我们班有个胖胖的男生,坐在后排,喜欢踢球的?"不等他回答,她继续往下说,"买彩票中大奖了,大到什么程度我也不知道,总之,几千万吧,那人马上切断与所有同学的联系,换了地址、电话,人间蒸发了一样。你说怎么会做出这样的事情来?匪夷所思啊!"要是在平常,对这样的事情她根本没有提及的兴趣。

"可笑啊,一个人的平静生活就这样被毁了。"他叹息道。

"被毁了?钱能毁掉一个人的生活?这还是我头一回听说。"她似笑非笑地看着他。那语气分明是在逗他玩,而他浑然不觉。

"不是金钱本身的问题,是他的反应,这是一种病态的反应。太可怕了。可以说,从今往后,这世上又多了一个金钱的奴隶了。"

听他这么一本正经地说话，她还不太适应。

"当然，我毫不掩饰自己对金钱的喜爱，它可以帮我实现太多太多的梦想。"他话锋一转，马上换了另一种语气。

他还在滔滔往下说。

能不能说点别的？时间那么宝贵，在最后两小时里，她可不想谈论什么金钱、信仰这些大问题，它们只会让她头晕。

他唾沫横飞，渐入佳境。而她一直想着，该和他说点什么呢，似乎只要那些话一说，十年的沟渠马上就会被填平。

不知不觉，两人走到越秀桥上。午后两三点钟的阳光照在水泥斑驳的桥面上，来往车辆不时经过，带来了轻微的震颤，使得置身桥面上的人产生淡淡的恍惚感，不知今夕何夕。他们不由俯瞰水面，好似在运河水中寻找什么。此刻，那河水深深沉沉地流，感觉中那宽度比当年减了几分。

"这几年，我们一直在做加法，要完这个要那个。其实谁也不知道自己真正想要什么，因为不知道，我们索取得更厉害了。"他像是自言自语，又似乎是说给底下的运河水听。

"大家怎么会不知道自己需要什么呢？很简单啊，别人有的，我们都要有，别人没有的，我们最好也要有。"她笑着说。

他也笑了。

他这么一笑，她就觉得他说的那些都是真的，他不是一个夸夸其谈的人。他之所以在十年后第一次见面时迫不及待地说上那么多，是因为他们说话的机会太少了，他们马上就要分开了。他完全是慌不择言。

她似乎觉得自己有点明白他了，可仍有什么东西隔在他们中间。

"我始终觉得谁也无法真正占有什么,那是不可能的。如果一个人费尽心机去做了,最终一定会失去自己。"他的声音忽然变得高昂,好像有什么东西忽然触动他了。

"你平时都这样和人说话吗?"她打趣道。

"不,只有在这里。和你,我才能说这么多。"说完这话,他马上低下头,不敢看她。

这几乎是"露骨"了。

"不知为什么,在所有住过的地方,这里是印象最深的。"她笑着转移话题,"可能是因为在这里读书的缘故"。

她没有说是因为在这里遇见他的缘故。

"可是你看这水,早已不是当年的水了,它们流走后再也不会回来了,但是因为有新的力量在加入,这一切就没有什么值得惋惜的。"他淡淡地说。

她点了点头,之前一直耿耿的东西,忽然有些放开了。她本该高兴一点的,虽然他们马上就要分开了,聚散离合,世上所有之事不都如此吗?

他们不约而同地从那桥面上下来,沿着一条小径来到三塔路上。这是初冬时节,扇形的银杏叶纷纷黄了,映染着这一条寂静的小路,偶然会有一两片叶子飘离枝头,来亲吻行者的额头。他们没想到这次回来还能遇上如此美景,心中有种不虚此行的感觉。

"这里还是那么美啊。"她俯身捡起一片亮黄的银杏叶,轻轻摩挲着手心。

"我们就像这树叶,被风驱散到地上。无论是流芳百世的伟人，还是罪行累累的恶棍，都是树叶，都是这个世间短暂的存在，无一例外。"他像个哲学家那样感叹道。

她不由得被感染了，也想说点什么，像书里的人物那样说话，这似乎很带劲。

"树叶之美就在于它的短暂性，'世上没有两片叶子是相同的'，我讨厌一成不变的东西，就如无法容忍生活的单调。这十年来，我换了不少单位，根本无法在一个固定的岗位上待很久。后来，我发现只有一样东西能把我从单调中拯救出来，那就是写日记。无论多么忙碌，我都试着记录一些什么。我很高兴在生活的牢狱里，还有这面透光的玻璃，可以让我一窥活着的究竟。"她眼里含着笑，完全没想到自己能说上那么多。

"没想到那么多年过去了，你还在记录，记录生活。"他感到诧异。

还有太多太多让他诧异的事情，可她不能说。

他们在银杏树下慢慢走着，不时俯身观察着什么，似乎很不舍得把这条小路走完。运河就在身边，却被他们全心忽略了。昨天一下火车，他们就听到了流水声。一个随时可以听到水声的城市，总是不同的。况且这又是一个与他们的青春岁月息息相关的城市。

往事在两人心头蔓延，那是一条漫长的覆满落英的小径，此刻回忆在打扫着它们。

毕业前夕，他骑车带她去海边玩了半天。两人返校已近天黑，在校外饭店里，他请她吃饭。他喝了酒，她以为他会在酒后说点什么的，可他什么都没有说。吃完饭，他送她回宿舍,她以为在回去的路上会有故事,可他轻松地和她道了再见。毕业后,他去西部支教。她在家乡工作半年后,也辞职去了南方。在同学会之前,她没有他的任何消息。

为什么不说说自己的事?西部见闻,异域风情,旅途趣事,哪一样都是她陌生的。虽然,她最想知道的并不是这些。

在路过放鹤洲公园时,他们一同进去了。因为是周末,公园里满满当当全是人,孩子们奔跑着,老人们则静静地呆坐一旁。

"看着这些老人,让人觉得死亡是件很可怕的事。总有一天,我们都会死的。你有没有想过这个问题?"她陡然伤感起来,似乎是因为和他走在一起的缘故。

他长久地凝视着她,身体微微颤抖着。他没想到她会说这个。这正是自己苦苦思索多年而未解的问题。

"死亡或许是人世间唯一公平的事。我们不如把死亡当作天赐的礼物来接受。既然我们的出生是一种天意,我们的消失又有什么可抱怨的?"对于死亡,他绝没有所说的那么坦然,可当自己真的这么说了,又觉得这一切完全可以做到。

天赐的礼物?她听了心头一震。对于死亡,她每次想到,总是无法释怀,人世间为什么会有这种可怕的事情?可听他这么一说——他真是这样想的吗?

"这么说,我们没有必要害怕一件天底下最公正的事喽?"她笑着说。

他们走过喷泉,黄草地,枯竭的荷塘,长长的碎石甬道,他们一路走过去,被亭台后面的二胡声所吸引。

没想到那么多年了,他还在这里演奏,还是那样的装束和表情,身穿卡其灰上衣,藏青色裤子,脖子上挂着一块脏兮兮的巾帕,冬天做取暖头巾,夏天用来擦汗。他们几乎不敢相信一个人扮演一个角色能扮演那么久。

他们在木椅上坐下,静静地聆听起来。烟花易冷,曲意难知。不知不觉,两人已是如痴如醉。

"留在你该存在的地方,没有什么东西能打败你,除了你自己。"她忽然想起他给她的毕业留言。就这一句,让她琢磨了十年。

她在那个小碗里放了一点钱,对老人赞赏地点了点头。可老人仍半闭着眼睛,沉浸在自己的世界里。

"我是一个最没有善恶感的人,我也不是因为同情才给他钱。比起他,或许我才是一个值得同情的人。"她把"同情"两个字说得很重。

"只有上帝才有同情人的权利,不是吗?"他笑着说。

两个人坐得近,他第一次发现当年那个圆圆脸的女孩已经不那么年轻了。她看起来很疲惫,好像随时随地都能睡着。他动了动嘴唇却没有说什么。他试着在椅背上靠一会儿,慢慢地,他找到了一点感觉。

"坐在这里真舒服。"她忽然说。

"坐在树底下真舒服。有树,就觉得生活有了希望,好像这日子值得过下去。"她不知道今天哪来这么多感慨,说着说着自己也笑了。

可他没有笑,不仅没有笑,还沉默地看着她,似乎在咀嚼她话里的含义,又似乎在聆听风吹枝叶的沙沙声。她扭头转向他,微微睁眼,看着他,不由地,心头一颤。这个人喜欢过我吗？为什么这么多年过去，见到了，依然有一种深沉的疼痛？而他又是怎么想的？她的眼角有微微的泪意涌出。

他也静静地看着她，有些话已经无法诉说，可它们总是不时地自己跳出来。他觉得自己有点关不住它们了。从前没有说出的话，难道要在这里悉数道尽？

阳光照在身上暖烘烘的，两人眯着眼，好似可以就此昏睡下去，睡到世界末日也不醒来。

公园里仍然人来人往。谁也不会知道，再过一两个小时，坐在椅子上的这对男女就要离开这里了。在很多年里，这个公园都不会出现他们的身影。似乎，他们的故事搁浅在这样一个恍惚的时刻是适宜的。

他低着头，两只手在口袋里叉进叉出，怎么能让她知道他家里的那些乱七八糟的事。他不能把她带入那种环境里，要是让她也在那里，他会发疯的。这么多年，只因为这个原因让他们疏离吗？连他自己也不相信。可是，事实就是这样——没有比这更好的解释了。

她忽然转过身，把头抵在木头靠椅上默默地抽泣起来。在庞大而芜杂的声音里，她的声音微弱到近乎无。

没料到她会那么难过。他拍了拍她的肩，手掌在她的发丝上轻轻抚摩着，想要不顾一切地把她搂在怀里，可他迟疑着，有什么东西挡住了他们。

一个男人涎着脸来到他们面前，先生小姐，好人好命，恭喜发财！一只破碗里躺着的几枚硬币发出破碎的哗啦声。

那人不急不恼，笑嘻嘻地看着他。那人有悲剧的脸，悲剧的嘴唇，可他的眼睛是喜剧的。那人在笑，幽幽地，似乎带着点嘲讽,全然知晓他们之间是怎么回事。

他叹息着,摸出一些钱,把那人打发走了。

两个人站起身,从放鹤洲公园走出去。日影倾斜,他们沿着那影子走着,穿过平常人家所住的杨柳依依的巷子、店铺林立的街衢,在精严南弄15号停住了脚步。在两幢房子的夹缝里,一株银杏已经长过了五层楼房的屋顶。日光照在高高的树梢上,发出淡淡的光晕。谁也无法想象,在没有阳光的日脚里,它是如何拼了命往上生长。他们仰着脖子,望着那高处,望得久了,眼睛有些疼,树影的形象也变得模糊。

"有些树或许连晚上也在生长,不然怎么可以这么高,又那么瘦。"她笑着说。

他们轻轻地,微笑着从这树身旁走过去,因为刚才仰头仰得好难受,这会儿只觉得脖子有微微的酸胀,一路望过去的景物瞬间变得平坦无比,一路往低处凹陷下去,这让他们觉得惊诧莫名。这是在哪里啊?眼前的一切那么熟悉,却又像是第一次所见。

在以后的日子里,他们怎么也无法忘记这棵长在精严南弄两幢楼房之间的银杏树。它们就像一个美妙的隐喻。

"几点了?别误点了啊。"她忽然想起来了,他们这是在去火车站的路上。

他将开袖子看了看手表,说,还有一个多小时吧。

她猛地一颤,似乎被人从梦里推醒。那好不容易燃起的火柴梗已烧了一半,微红的火焰烧烫了她的皮肉,剩下的马上就要熄灭了。心里一阵灼痛,脚底一软,险些瘫坐在地上。

倒计时开始了!

他们在曲曲弯弯的街弄里走着,道前街,西道弄,中和街,迷宫一样,七折八弯,嗡嗡的人声在耳后响着,听不太真切,也无力去听,隐约的意识告诉他们火车站在东边,一直朝东走,大抵错不了。即使误了点,那又有什么关系? 只要稍等片刻,下一趟列车马上就会将他们载走。

他们自己并不太着急,可又怕对方误了点。如果真的误了点,在多出来的时间里,又不知道会发生什么。他们隐隐担忧着什么,眼角的余光里带着点彼此的身影。因为沉默得太久,又走了路,两人都有些微微的口渴。

当路过瓶山公园时, 他们毫不犹豫地踏上了公园的台阶,步步攀升着进入。比起放鹤洲公园,这里几乎没有什么人。她不由地把风衣的领子竖起来,把半张脸藏在褶皱的阴影里,像是怕遇见什么似的。

关于这个公园名称的三种说法中,都不约而同地提到了酒,"积瓶如山",是谓瓶山。这无疑是一个酒文化遗址。千百年之后,泥土里还有阵阵酒香扑鼻而来。

在攀一道土坡时,他抓住了她的手,再也没有松开。在瓶山阁、灵光井、月波楼以及枕峦亭之间,在他与她之间,酝酿着一种微醺的气氛。她觉得自己是醉了,不然怎么会立不稳,一阵风吹来就能将她扑倒。可他走得那么快,把她的手捏得那么紧,简直有些疼。

他们站在山顶八咏亭上,在那幅《咏嘉禾八景》的诗板前停住了。他松开她的手,转身眺望着山下的一切,假山亭台,树木葱翠,移步换景,这里的一切,让他有种恍然大悟之感。

他们在这山顶上,一切历历又模糊。如果一直在坦途上行走,就看不到今日所见的一切了。

时光幽幽,就像美妙的嘲讽。十年了,他们竟然觉得这十年来,生命里只是一片空白。他们不甘心地使劲地回忆着,脸上带着决绝的表情。在这暗昏昏的沉默里,他们感到那隐隐上升的山峦的雾气,是那些往事的幻影。它们都会消散的,统统会消失的。

没有人。瓶山上只有他们俩,这广大的世界里只有他们两个人。

要是再不说话,可能就没有机会了,他这样想着,只是想着、微笑着,仍然没有说什么。

只有到了这里,她才明白了一切。她已经决定了,无论山底下的日子怎么难过,她都要把自己抛下去,像铁坠入海,只有沉到生活的低处,才有可能知道这一切是怎么回事。

她穿着绿毛衣倚在亭柱的一侧,那嘴角散发的笑意,就像包着糕点的食品纸上沁出了油。

"我要你快乐,快乐。"他上前再次攥紧她的手,一把将她搂进怀里。

"不知为什么,这次见面,一见到你,我就觉得很难过很难过。"他在她耳边诉说着。

"这么多年来,无论我在哪里,一直没有忘记你。"他紧紧地抱着她,好像她本人随时可能逃走。

她感到惘惘的,如在梦中。她不仅醉了,而且醉得人事不知,竟然做起梦来。而他们是梦中的人吗?不然他怎么会说这些话?他八成是醉了,这瓶山上的风,都是带着酒意的。她感到一阵灼热,想起漫漫的童年的冬夜里,嘴里塞着一颗糖,那缓缓释放的甜香,可以甜到整个梦境里。

十年太久,他们相约半年之后再见。如果那时候,大家还想着同样的事,他们将排除一切艰难回到这里来生活。

在送别的站台上,在嘈杂的人声中,他们终于做了决定。

她坐在车窗前,带着一种吮糖的表情,看着他奔跑着后退的身影……直到那影子在她心底越来越清晰。天黑了,窗外什么都没有了。她仍坐在那里,痴痴地看着,看到那玻璃上忽然浮出他的脸,她对那里面的人轻声说了句什么。顿时,她感到非常非常快乐。

一切都回来了,似乎它们从来没有离开过。

觉得手上一震，一道闪光伴随着"砰"的一声响，枪走火了，散出去的铁珠"沙沙"地掠过杂草、树叶。还没等金泉回过神来，"汪汪"的叫声就钻入金泉心底。他心一紧，一翻身爬起来，向阿花跑去。见阿花的背上淌着血，金泉慌了，用袖子去擦，阿花疼得直躲，金泉发现阿花的两只眼睛也流出了血。金泉赶紧用手抚狗的眼睛，一碰，狗又如触电般的弹起，连声哀叫。它一下子甩开金泉，忽地又靠在了金泉腿上。金泉的手摸到了阿花的身子，绿豆大小的弹珠嵌在他的左侧。他想把该死的珠子抠出来，又引得阿花逃也不是，不逃也不是。一阵阵疼痛抓住了金泉的心，他一把搂着阿花的脖子一时不知如何是好。阿花的叫声，一下下地击打在金泉心窝里，金泉整个人快要被击穿了，每一个声音都仿佛带着个钩子，把金泉的心肠统统给掏乱了。被惊起的鸟儿在他面前掠过，带起的风拂动小草。金泉无暇顾及其他，他咬咬牙，拾了枪，扛着不停叫唤的狗匆匆下山。这弯弯曲曲、上上下下的山路，无论如何也阻碍不了他的脚步，连稍宽的沟渠他也一下迈了过去。

　　到了住处，他向房东要些盐水清洗着阿花的伤口，身上还好，只有两处伤，两粒小铁珠滚落到地上，身上的两处地方露出鲜红的肉。阿花不叫也不闹，温顺地听从金泉摆布，似乎在坚持它最后的一点尊严。可是它的一只眼睛完全瞎了，另一只血肉模糊，估计也保不住了。而它竭力让自己的目光注视前方，空洞茫然之中保持着隐约的坚定。房东老哥也拿来了红药水帮忙涂上。金泉拿出毛巾围在阿花的头上，把它的眼睛蒙好。阿花这时又不停地发出"呜呜"声，金泉知道这条猎狗在哭泣，这哭泣抽动着他的肠子，他的心快被抽空了。房东给狗拿来了饭，上面还添了点肉丝，阿花嗅了嗅，无声地吃起来。金泉默默地看着它，吃了几口它就不吃了，然后靠墙坐着，茫然地似乎望着远方。它的耳朵竖得更加直了，仿佛在等待冲锋的号角。它一动不动，仿佛是一尊雕像。这一夜金泉迷迷糊糊地睡着，不停地做着梦，又好像总是醒着，听着阿花轻轻的呜咽声。

天亮了，金泉把阿花拴在床脚上，看到阿花温顺地待在床边，他扛着火药枪就出发了。他转过一片树林，穿过一丛杂草，鸟儿一群群地在他面前越过，就是没放一枪。其实他的枪里根本就没有装火药和铁珠子。他就这样任由自己走着，像一颗失了准心的子弹。没有子弹的枪搭在他肩上，随着他散漫的步伐左右摇摆。他吃力地跳过溪流，没翻过山就感觉有些气喘，他索性找了块平坦的石头坐下来了。枯黄的草不停地摇曳，树也"哗哗"地落下树叶，周围没有一个人影，远处几只鸟儿起起落落。金泉把枪靠在岩石上，两只手捂着脸狠狠地擦了几把。他真想像年轻时一样冲着空荡的山谷大吼几声，可又有什么用？他想不通自己怎么会滑跤，自己怎么会大意地把枪上了膛。怎么办？把狗带回去，让它等死吗？金泉坐不住了，他起身往回走，没几步又折回重新坐下。一会儿，他索性躺下，阳光洒在他身上感觉到了一些暖意。他是无法看着阿花死去的。拿定主意，他一骨碌起身往回走。

中午在房东处吃了点饭就走向屋子。到窗口，他停住了，从窗口望进去。阿花似乎感觉到什么，站了起来，它竖起耳朵，伸着鼻子极力嗅着，甩尾巴的节奏丝毫不乱，像一位整装待发的勇士。金泉看到毛巾上的白条子隐约有些干了的血迹。他进屋，收拾一下东西便出了屋。他不敢去看它，怕毛巾蒙住的曾经闪亮的眸子会摄住他，让他改变主意。但他还是回头了，阿花站在那儿，从毛巾后面射出的目光还是那样坚毅，透出死战沙场的不屈。金泉打了个寒战，他再没有勇气看它了，蹑手蹑脚地走出屋子。他向房东告别，这条狗没用了，怪可怜的，我舍不得下手，也下不了手，麻烦老哥把它勒了吧，还能换点什么。说完就直奔火车站。

火车渐行渐远，金泉积蓄的力量仿佛被一缕缕地抽走，他瘫倒在窗口的座位上无力地望着窗外，一行行的树往后跑着，他感到一阵眩晕。闭上眼睛，就是阿花的影子及身上擦不干净的血迹，那黑漆漆的眼睛空洞得吓人。睁开眼，原野漫无目的地伸向远方，人空落落的失了支撑，只想要躺下来。到后来，满脑子都是阿花的身影，它跳，它跑，它像武士一样站立，这一个个身影如烟般地消散，只剩不再明亮的眼睛的空洞。这空洞让金泉意识到自己犯的错误，他射瞎它又抛弃它，他不敢想象。一会儿就到站了，他走下火车，一步一步地向前走，旋即一转身，回去吧，去把它带来，好好侍候着。可这个念头只闪了一下。他不忍面对这条狗，看着它让他怎么受得了。现在阿花是不是被勒上了？勒上脖子吐出舌头的狗金泉不是没见过，可是如果阿花被这样勒上、被剥皮……这不是又是他的罪过？

回去吧！这似乎是他一生最重大的决定。

金泉又回到了火车站，又回到了那个村落。来到房前，屋门紧闭，屋前屋后金泉转了几圈，不甘心地叫了几声，没人应声。他的心被揪住了。

　　金泉走上了街道，走到菜场，屠夫正"啪啪"地卸着肉，血腥味到处都是。金泉走了一圈，没见阿花，他茫然地站在街道上。周围的人奇怪地看着这个扛火药枪的老头。千不该万不该出来打猎，老了老了，竟愧对了一条狗。结束了，再也不打猎了，大不了来生也做只狗。他宽慰自己。

　　到家已经 5 点多了，家里显得异常冷清。简单做了饭，胡乱吃了些就睡下了。风从门缝里灌进来，从窗缝里钻进来，他裹着被子，奇怪这屋子怎么这么冷。莫不是阿花化作风跑来了？半梦半醒地睡到第二天天亮。此间，从屋边走过的各种脚步声，庄稼地里传来的庄稼人相互打趣声、顽童戏耍声糅在一起，挤进他的梦里。他尽力不去想那条狗，可无论他翻来覆去，传来的犬吠声又时时让阿花出现在梦里：阿花的斑斑血迹无法抹去，它空洞的眼睛永不合上……每到这一幕，金泉醒来，全身发冷。

　　转眼间，西沉日头的余晖透过窗户，洒在金泉的床上，被面上几朵牡丹在夕照里红得如血。金泉一翻身坐了起来，吱吱几声，一只大老鼠从床下跑过，金泉不由得又想阿花了。又是一觉，在静谧夜晚，几只老鼠忙碌地跑动，他睡得还算安稳。

　　晨曦初露，金泉就起来了，出去就着面喝了一小瓶酒，借着醉意在庄稼地里转转，看看有什么要拾掇的。桑叶已经落光，地里尽是伸向天空的灰色枝条，枝头空荡荡牵挂着缕缕冷瑟的风。偶尔有只掉队的鸟儿凄厉地呼号着。路过几户人家，几只狗照例表示对主子的忠心，伸着脖子狂吠几声，然后坐下来，似乎在回味刚才的叫声。在金泉看来猎狗是要有猎狗的气派的,它要风里来雨里去,有敢于搏斗的劲儿,而不是像城里的宠物狗只知道往人怀里钻,也不像狐假虎威的看门狗只在自己家门口狂吠几声。可是面对这些幸福地吠叫着的看门狗,金泉又为阿花心痛起来。它估计现在的阿花已经被扒下了皮,它的肉可能成了某人的下酒菜。这就是狗,狗的命运历来如此,可是阿花却是因为他才走到了这样的地步。他不忍往下想,抬头走向他的那片地,眼里已隐含了些许泪花。来生就让我变成一条猎狗吧,让阿花变成猎人。这样的想法让他好受了些。

晚上,金泉洗漱完毕正准备睡下时,房门传来一阵"吱吱"的抓门声。该死的老鼠,阿花不在了又来闹事了!金泉拿起一只鞋子扔了过去。声音停了一会儿,又"吱吱"地响了。金泉骂了几声去开门。

门一打开,他顿时傻眼了,是阿花。阿花站在门口,裹着眼睛的毛巾已经挂在脖子上,上面斑斑血迹已成褐色。它吐着舌头,直喘气。"阿花,阿花!"金泉一阵激动蹲了下来,前所未有地向阿花伸出了双臂。阿花冲了过来。金泉搂着阿花的脖子,抚着阿花的脊背。瘦了瘦了,那一条条肋骨耸起了。阿花挣脱着金泉用力的手臂,在他怀里打着滚。它微微喘着气,发出"呼呼"的声音。旋即又"呜呜"地寻找主人的手,找到手用鼻子不停地拱着嗅着,舌头尽情地舔着。接着,它又往金泉怀里蹭,撒尽了所有的欢。

金泉摸了摸阿花的肚子,扁扁的,只剩张皮了。这一路上,它能吃上点什么呢?金泉赶紧把狗放下,拍拍它的头,起身去盛饭。阿花顺从地趴在地上,伸了伸头想看看主人。可它的双眼再也睁不开了，于是它又抬起头，想保持一个习惯了的威武姿势，可它没力量坚持住，又趴下了。

金泉盛了饭，浇上肉汤，又夹了几块肉盖在上面。他决定好好养阿花，就像城里人养宠物一样养着它，捧在手里，带在脚边，让它不再受苦。它是条比人还忠诚的狗，他没法亏待它。转身回来，阿花趴在地上，金泉把饭碗伸到阿花嘴边，阿花把头抬了抬，又低下去了。吃，快吃。阿花好像得到了命令，用鼻子拱了拱饭，它太累了，又趴在地上。金泉伸手抓把饭送到阿花嘴里，阿花温顺地张了张嘴，"呜呜"地哼了几声，紧闭的眼在昏黄的灯下闪着微光。金泉倒了碗开水，吹了一会儿，把阿花搂在怀中，把碗递到阿花嘴边，阿花伸出舌头使劲地舔了起来，还时不时抬头拿空空的眼眶望着金泉。之前，它从来没有如此察看过主人的脸色。金泉高兴起来了，心头的阴霾逐渐散去，一种久违的温暖从遥远的内心升腾，他轻轻地摩挲着阿花的头。之前，他连自己的孩子都没这样爱抚过，从现在起，他要把阿花像孩子一样宠爱着。

　　江丽华，1975 年出生，某派出所警察。2004 年开始小说创作，在《江南》《雨花》《西湖》等文学期刊发表中、短篇小说20 余篇。浙江省作家协会会员。

去上海 江丽华

父亲拽着我的手在村街上疾行,并不停催促我快走。他说,迟一点就赶不上轮船了。停顿一会儿,他又忧心忡忡地对我说,小心被你妈妈撞见。

我年纪尚小,上嘴唇还挂着清水鼻涕,但我明白后一句才是父亲的真话。他是开轮船的,没有他,轮船就是一坨废铁,动不了。他真正担心的是被母亲发现,从而阻止我们的出行计划。

父亲要带我去上海。照他的话说,是让我见识一下大世面。上海有许多高楼大厦。怎么个高法?父亲为我打了个比方:假如我戴着帽子,仰望楼房的顶层,那么帽子必定会掉落在地。我摇头表示不信,说即使仰望正午的太阳,帽子也不会掉地。父亲笑了,随即深深地叹气,说,住在农村,人就是傻,我可不想你永远做个乡下人。

不管父亲如何描绘,我依旧不能理解上海是座怎样的城市,但我非常乐意跟着父亲去上海。最近我和同伴们正在玩香烟壳子的游戏,哪个香烟品种值钱谁就是庄家,能把其他人的香烟壳子收集在手,用力往地上一甩,正面的不能拿,反面的则全归自己。

我热切希望在上海的街道上能捡到好多香烟壳子，过一把坐庄的瘾。

我的心情是那样欢快，又想把这种快乐及时挥霍，向同伴们炫耀我这次不同寻常的出行。令我失望的是，村街上没有人，只有几条大小不一的草狗。它们趴在树荫下，听到匆忙的脚步声便懒洋洋地抬起头，打量我们一眼，又垂头丧气地趴下了，连吠叫一声的兴趣都没有。有几户人家敞开着大门，却不见一个人影。

人们都到田野里劳作去了。大人们割稻插秧，孩子们像小狗一般跟在大人们屁股后头，拾稻穗，或学插秧。用队长毛胡子的话说，双抢，就是抢收抢种，跟老天爷抢时间，得快。

我原本也在田里割稻，是母亲带去的。队长毛胡子突发灵感，将队里的双抢任务分配给每家每户，一爿田内漏收的稻穗也附属于责任者。哪个早完成就歇工，回家睡个舒服觉。任务完不成则对不起，没人帮助你，晚上的星星当太阳，你得接着干。

早上，我还在睡梦里，被母亲拉起来，递上一把小镰刀，叫我随她去割稻。我像个瞌睡虫，懵懵懂懂地钻进稻田。丰润的露水沾湿了我的裤子和上衣，连头发也湿漉漉的，仿佛刚从河里爬上岸。母亲在我左前方，半俯着身子，大幅度挥开镰刀，柔韧的腰肢配合强健的手臂，一起一落之间，一片片稻子心甘情愿地躺倒伏地，散发着草类植物特有的清香。

看母亲进展神速，我不由心慌，手法也乱了，锋利的镰刀刺破我的手皮，洇出一团猩红的鲜血。听到我惊慌失措的叫声,母亲弹跳着奔跃过来,抓起一把泥土,涂抹在我的伤口上,随后吼了一句,只晓得吃,笨蛋,回家去!

我像个伤兵,从战场上退下来,悄悄溜回家,放下镰刀,洗净双手,发现伤口已不流血,心中窃喜。正转身出门想找玩伴,忽觉门口一黑,有人站在门外。抬头一瞧,居然是父亲。他穿着短袖白衬衫和黑色西装短裤,脚上是浅灰色的塑料凉鞋,浑身透着清爽。

我张大嘴,不知如何开口。

父亲笑吟吟地瞅着我,柔声说,我们去上海。

父亲是我们白马公社水上运输队的轮机手,全乡人民为之骄傲的货轮就是由他掌舵。货轮后面拖挂着十三只水泥船,我们称之为"拖船"。我和伙伴们玩够游戏之后,喜欢蹦跳着奔向不远的京杭运河,在岸边的垂柳下或坐或趴,注视南来北往的货船,希望找到我们白马公社的船队。我的心情更是迫切,因为父亲是轮机手,是这个船队的领头羊。

我想象有那么一天,父亲在船上发现岸边的我,按响呜呜呜叫的汽笛,再从驾驶室内伸出一只手来,向我热情地挥舞,让所有伙伴羡慕又嫉妒的目光集中在我身上。那是多么辉煌的时刻,登上北京天安门城楼也不过如此吧。

但是,我从未看见过父亲船队的影子,尽管这船队确实在运河上航行。我们看到最多的是江苏盐城的船队,其次是浙江长兴的。它们耀武扬威,肆无忌惮,接二连三地穿行在这条繁忙的河流上。船上的男人们赤裸上身,嗬嗬哈哈地野笑;女人们一律短发,肤色黧黑,乳房高耸,粗门大嗓地喊叫;和我们年龄相仿的孩子们,分不清男女,他们像一头头灵巧的小鹿,在船舷上奔跑跳跃,就像我们在陆地上奔跑一样自如。就连船上毛色不一的狗也蹲坐在船头,冲我们趾高气扬地吠叫。这让我们愤愤不平,纷纷捡起地上的土块,掷向这些狗眼看人低的畜生。可惜我们手臂力量不够,土块无一例外地落进河流,溅起一朵朵小浪花。这令我们沮丧,无可奈何地看着一列列船队南来北往地远去。

我为同伴们打气,说总有一天,我父亲率领的船队将经过此处,他只要把方向盘一扳,就能将这些不知天高地厚的铁驳子船挤到岸边,让它们搁浅;如果它们还是不识相,就把它们撞翻,沉入河底。

我原以为此话一出,肯定会赢得同伴们的叫好声。但我的愿望落空了,他们不相信我父亲有这么大的本领,甚至怀疑他不是轮机手,只是货船上的搬运工而已。这令我气愤难平,又无法解释明白,只得独自离开,给了他们一个哀伤而愤怒的背影。

但第二天早晨醒来,我便忘却昨天的不快,像小马驹一般蹦出家门,继续与同伴们打闹玩耍,或者去瓜田偷西瓜。

瓜田是我们生产队的,守护者是个老光棍,不知多大年纪,反正他的眉毛胡子都白了,我们叫他黄牛公公。我们学习电影里的解放军战士,在田埂上匍匐前进,大气也不敢出。钻进瓜田后,也不分西瓜大小成熟与否,扭下一个便掉转屁股后退。

黄牛公公虽然老了,又爱喝酒,经常睡意蒙眬,但他的耳朵比狗还灵,听到一丁点响动,便蹿出茅草搭建的瓜棚,朝我们弄出声响的方向吼叫。我们做贼心虚,再也不敢学解放军,慌忙爬起来,撒腿狂奔。

黄牛公公吼叫得更加响亮,拔足追赶我们。他一边慢跑,一边用双手急促地拍打屁股,噼里啪啦的,模仿出紧追不舍的脚步声。我们上过一回当之后,便知道黄牛公公没有较真,往后逃跑便从容多了,不再落荒而逃,而是像一群小老鼠,排成一列纵队,跑到附近运河的石埠上,洗尽瓜皮上的泥土,用拳砸破西瓜,掰成不规则的几块,就地分赃。

因为大意,终于有一天,我们被黄牛公公堵在石埠上。他双手叉腰,站在最高一层的石阶上,一言不发地怒视我们。我们无路可逃,又不敢下河。运河太宽了,我们没有把握横渡它。

正当我们惊慌失措之时,黄牛公公哈哈大笑,白胡子翘了起来。他说,臭小子们,吃瓜不吐子,小心肚子里长瓜秧,明年这个时候,每个人肚子里生一个大西瓜,撑死你们。

我们晓得他在开玩笑,放心了,又啃西瓜。黄牛公公忽然止住笑,盯住我,一本正经地说,你怎么跟他们混在一起,你爸爸可是开轮船的。这句话貌似批评,实际是表扬我的出身,这让我无比自豪。待黄牛公公走后,我反复对同伴们说,都听到了吧,我爸爸真的是开轮船的。

因为这一点,我感谢黄牛公公,以后在路上遇到他,都要礼貌地叫他一声公公。黄牛公公眯着眼,笑呵呵地应承,有时会躬下身,跟我来个脸贴脸。他的胡子硬扎扎的,像一根根刺蓬,扎得我又疼又痒。但我像温顺的绵羊,笑嘻嘻地任他亲热。这又博得他老人家的赞扬,说,开轮船的儿子,就是不一样。

父亲和我步出村街,走在一条田塍上。田塍通向运河,那里停泊着父亲的轮船。父亲说船队从不停靠这里,今天因为加油和检修,才有机会临时停靠,他也趁机跑回家里,接我上船。

父亲不停地说着,好像是向我邀功请赏似的。而我却心不在焉,脑袋转来转去,左顾右盼,希望找到一个伙伴,以此证明我将登上轮船,去大上海,他们做梦也想象不了的城市。

我在一片稻田里发现了王小毛,他正跟着他父母收割稻子。我遏制不住心中的狂喜,鼓足力气朝他高喊,我要去上海了!我相信我的声音会像一群麻雀,扑棱棱地飞向王小毛,盘旋在他头顶。王小毛果然听到了,抬起他疲惫不堪的头颅,冲我友好地微笑。我还想嚷叫,却听到父亲低声而又慌张的声音,你妈妈来了。

母亲赤着双脚,在不平坦的田塍上健步如飞。她冲上来,一把扯住我,说,孩子不能去,船上危险。

父亲说,不要紧,有我呢。母亲剜了他一眼,像面对一个陌生人,生硬地说,你要是能请假,也不要去船上,田里的活紧张。

父亲羞赧地笑着说,运输队不是生产队,不能请假。

母亲冷笑一声,你总是编排理由,谁不知道,你是个白脚杆。

白脚杆是我们家乡的俗话,指不精于农田耕作之人,属于蔑称。有一年,毛胡子将父亲分配到壮劳力班组,和一群五大三粗的社员一同挑河泥。河泥死沉死沉的,父亲仅仅挑完一担便面孔煞白,汗流浃背。挑第二担时,他的脚步如醉汉夜行,一步一个趔趄,结果立足不稳,跌入垄沟,落汤鸡一般。

毛胡子嘿嘿坏笑,阴阳怪气地说,看看蛮像样,其实是个白脚杆。当天晚上,生产队全体社员集中开会时,都叫他白脚杆,等于赠送他一个外号。父亲为此面红耳赤,又不便发作,只好选择逃避。每逢农忙,他借口运输队出航,待在船上,不敢回家。

遇上农闲时节,他回家的次数便频繁起来。每次回家,他都穿着洁白的衬衫,拎着人造革皮包,俨然公社干部一般,从容地走在村街上,向蹲在自家门口吃饭喝茶的村民打招呼。有些个粗鲁的村民,当场叫嚷他的外号说,白脚杆回来啦。父亲也不计较,依旧笑容可掬,还从口袋里掏出香烟,拔出一支,用手指弹射过去。香烟呈抛物线落在地上,村民像兔子一样,嗖的一下蹿上来,捡起烟,架上耳朵,冲父亲点头哈腰地赔笑。父亲宛若电影里的部队首长,很有气度地挥手,抬高脚步走回家来。

见到父亲回家,母亲自然高兴,她围着厨房忙开了,煎荷包蛋、蒸咸肉、炒青菜。父亲则坐在屋檐下搂抱着我,从皮包里掏出锃亮的指甲钳,为我剪指甲。剪完指甲,还用锉子细致地打磨一遍。随后打来一脸盆温水,为我洗头。

同村的孩子洗头,一般拿洗衣服用的"西湖"肥皂,黄泥般的颜色,有农药气味,我们称之为"臭肥皂"。而父亲却用白色的"上海"香皂为我洗头,感觉舒爽,芳香宜人。

剪完指甲洗了头,父亲取出新衣裳,套在我身上。

他呵呵地笑,端详着我,满意地点头,说,这才是我的儿子,像个城里人。

　　将要吃饭时,父亲又打上一脸盆清水,用手掌撩水泼洒在饭场上。他说清水压尘土,吃饭才卫生。母亲嘲弄他穷讲究,他也不反驳,坚持操作这个程序。时间一长,母亲便习惯了,不再唠叨。但一遇上烦心事,母亲就要发牢骚骂娘,就像这一回,在田塍上,她赤着双脚,怒气冲冲地对父亲说,你这个白脚杆,要带坏儿子了。

　　父母亲的争执,引来了王小毛一家人。王小毛躲在他父母身后,朝我挤眉弄眼,一脸幸灾乐祸的神色。我感觉失了面子,眼泪不争气地流淌下来。王小毛父母见了,便劝解我母亲说,孩子都哭了,让他去吧。留在家里,其实帮不了什么忙。

　　母亲仍不甘心,说,老子是个白脚杆,儿子不能再做白脚杆。我听她这样说,心中更加恐慌,索性哇哇大哭起来,眼泪和鼻涕混合交流,一张脸变得肮脏不堪。

　　哭声引来看守瓜田的黄牛公公,他躬着腰,双手反背在后,探头研究我的哭相,随后打趣说,是真哭,不是装的。又转头对母亲说,让孩子去吧,长点见识也好。我活了这么大岁数,从未出过远门,做梦都后悔呢。

　　黄牛公公辈分高,母亲不敢顶嘴,勉强依从。她要求父亲看牢我,不能出意外。父亲信心十足地点头说,船上人多,保证没事。母亲摘下挂在脖子里的毛巾,为我擦了脸,又蹲在沟渠边洗毛巾。等她立起身,张口想说什么,我却等不及了,拉紧父亲的手,跳跃着跑远了,完全不顾母亲在身后一迭声的叮咛。

　　父亲所在的货轮很大,但分隔成许多小间,比如机房、宿舍、卫生间、厨房、驾驶室,空间由此变得狭窄,两个人对面走过,需要侧转身体。宿舍就在机房旁边,摆放两张单人床。父亲一张,他的副手一张。父亲驾驶轮船时,拜托副手照管我。

副手是个二十多岁的年轻人,据说是公社主任的侄子。他好像永远睡不醒,有一大半时间躺在床上,双手枕头,跷着毛茸茸的小腿,痴痴地盯着头顶上方,懒得跟我说一句话。他躺着不动,我也只能躺在木板床上,静等时间流逝,巴望早一点抵达上海。我们像两根没有生命的木头,直挺挺地摆在宿舍内。

在船上,我无法入眠。马达就在耳畔轰鸣,柴油味一个劲儿地钻入鼻孔,河水特有的腥味也不时掺杂进来,十分难闻。就是吃饭,也是乏善可陈。饭是早稻粳米,没有糯性,粒粒可数,很难下咽。菜不是榨菜粉丝汤就是冬瓜咸肉汤,从不翻新花样。

我唯一的乐趣就是透过木格子窗,望着岸上树木慢慢后退,或一排,或孤零零的一棵;有三三两两的农夫,肩上扛着锄头,悠闲地在堤岸上行走。有时候,我会看到一群孩童坐在岸边,像以前的我们,探头探脑地张望船队。只有此时,我才获得一种优越感,觉得比他们多了一份阅历。

但更多时间,我是在无聊中度过。尤其在夜晚,外面漆黑一团,不见半点星火,嘈杂的声响和刺鼻的气味更甚于白天。我蜷曲着身体,一遍遍回想和同伴们嬉戏打闹的情景,忽然明白了一个事实:父亲在船上的日子,并不好过。

这天晚上,我睡不好觉,便溜出宿舍,去驾驶室看望父亲。上船之前,父亲郑重告诫我,不准到驾驶室去,那是他的工作岗位,不能被打扰。推开驾驶室的铁皮门,我看到父亲正把着方向盘,全神贯注地注视前方,浑然不知我的到来。

他穿着灰色粗布工作衣,脚蹬解放鞋,变得粗犷和苍老。

刚一上船，他便利索地脱下白衬衫、西装短裤和塑料凉鞋，小心地藏在行李箱内，换上了这身衣裳。望着神情严肃的父亲，我突然心生畏惧，缩手缩脚地想退出。

这时，父亲发现了我，他忘记当初的告诫，笑呵呵地向我招手，让我站在一旁看他如何掌舵。

父亲说，开轮船其实很简单，学习一天就会。可惜副手不喜欢这个行当，对他的教导左耳朵进右耳朵出，照他样，一年也不能单飞。轮船的探照灯光雪白刺目，割开前方的一团黑暗，极有奋勇直前的气势。我感觉自己成了一个小将军，站在指挥台上，率领千军万马冲锋陷阵。我开心地挺起胸膛，对父亲说，长大了，我接你的班。

父亲短促地笑了一声，说，我没文化，不然不会站在这里。读书才是正道，你可要好好读书。我立马接口说，你认识好多字，村坊里的人都说你是秀才。父亲的眼睛像灯笼一般被点亮了，点头说，比起毛胡子那帮人，我就是知识分子了。

这天中午，船队停靠在一个不知名的码头。父亲提着一串零件，上岸去找店铺维修。

临走时，他嘱咐副手看住我不要跑岸上去玩。父亲的背影一消失，一向死气沉沉的副手像小狗嗅到肉香，浑身骚动不安。在船舷四周转了几个来回后，他压低声音命令我去宿舍睡觉，不准出来，他要到码头上去办点事。

白天哪里睡得着，待副手走后，我又钻出宿舍，在船舷边小跑。一个不留神，脚底一滑，我落入水中。呛了一口水后，我伸手乱抓，居然抓住了船舷。

我昂起头，看到头顶的太阳光芒万丈，四周静悄悄的没有一丝声响。我知道自己落水了，但我并不害怕，不哭也不喊，相反有些兴奋，体验河水浮力的奇妙。不知过了多久，码头上有人发现了我，大声叫喊，引来拖船上的几名船工，将我拉上了船。

父亲回到船上后，一听说这个消息，他的脸变得煞白，连嘴唇也失去血色。他抱紧我，问我是否感觉不适，要不要送医院？我笑嘻嘻地说没事。

父亲的眼泪流了下来，一颗接着一颗，饱满又硕大，很快流成一串。他几乎哽咽着说，这件事，千万别让你妈妈知道。我却要起调皮，跟他讨价还价，说，不让妈妈知道可以，你得答应我一个条件，就是为我买玩具。

父亲迟疑了一下，说，我带的钱不多，要给你妈妈买的确良布料的。我像泥鳅一般使劲扭动身体，在他面前撒娇。父亲只好依从。

船队终于抵达上海市的一个码头。父亲脱下粗布工人装换上白衬衫，一下子变得年轻，眉眼都有了神采。

他兴高采烈地对我说，你马上就能看到高楼大厦了，看城里人是怎样生活的。

我却惦记着未到手的玩具，最好是一把仿真手枪。在乡下，有手巧的同伴用小刀削木头自制木头手枪，别在裤腰带上，神气活现地在我面前晃荡。现在，我要把他们比下去，不但要捡到许多香烟壳子做一个庄家；还要有一把像模像样的手枪做他们的首长。想到这些，我恨不得插上翅膀，飞离轮船，立刻降临在玩具店门口。

父亲搀紧我的手，在上海的大街上穿梭。大街上全是人，多得数不清,我们像两条逆水游动的鱼,被汹涌的人群挤得摇来晃去。父亲的手心滑腻腻的,出了好多汗。他一脸紧张地叮嘱我跟紧他,不要放开手。如果被挤散了,就在马路上找警察叔叔,让警察带我回码头。

我胡乱应承着,心思全在地面上。马路上确实有香烟壳子,可没法去捡。我蹲下身子,不是屁股上被人踢一脚,就是脚尖被人踩到。踢踩我的人不是若无其事地继续前进,便是翻脸骂人。他们骂的是上海方言,小赤佬,轧啥闹猛,寻死啊!

他们的话我们能听懂,可我不敢顶嘴,连父亲也不敢。他强撑笑脸给对方赔不是,随后拉着我赶紧离开。

我对此十分疑惑,问父亲,你穿得这样洋气,他们怎么晓得我们是乡下人?

父亲的脸涨得通红,说,我们再洋气也比不过上海人。停顿一下,他又说,你如果能考上大学,到上海工作,我就卖掉乡下的房子跟你进城。即使在马路上摆地摊,也比在乡下种田强。

我们满头大汗地闯进一家商店,让我失望的是,那是一家布店,父亲要为母亲买的确良布料。他说母亲一年四季扑在田里劳作吃了不少苦,应该有件像样的衣裳了。

他在柜台上左挑右选,犹豫不决,又把口袋里的钱掏出来数一遍,合计好一阵子,总算开口报出了品种和尺寸。营业员在裁剪布料时乜斜父亲一眼,撇着嘴说,要是穿这种衣服去田地里干活,那真是作孽了。她的话一点不好笑,边上几个女营业员却哄堂大笑。我虽然是小孩子,但知道她们在讥讽我们,便在肚子里骂娘。

父亲的脸再次变成一块红布。他低着头一言不发,急匆匆付了钱,好像钞票是偷来的。

我们再次走在大街上。父亲脸上恢复了生动的表情,他指点附近的一幢高楼,让我数数,它到底有几层。

我仰着头,用手指着楼房,一层层地报数,数到中间便看花眼,弄不明白了。父亲眯着眼笑,让我重新数一遍。我却没了耐心,催促他快带我去玩具店。

父亲的眼睛掠过一丝惊慌,说的确良涨价了,余钱不够给我买玩具了。他又哄我,说下回来上海,一定买把最漂亮的仿真枪。我哪里肯依,赖在地上不肯起来。

行路的男女纷纷止步,好奇地打量我们。有几个闲人在一旁说起了风凉话,说,两个乡下人,一大一小,在大马路上表演滑稽戏,蛮好白相的。

父亲脸上挂不住了,威胁我说,假如我再赖皮,他就独自回码头,把我扔在这里。他的话半真半假,令我心生恐惧,于是哭闹起来。父亲见吓哭了我,急忙说是骗我的。他愈是急于表白,我愈是不信,泪水继续蔓延。

我忽然想念母亲,想念生活的村庄。我想立刻逃离这座城市,这里到处是陌生人,没有一丁点的温暖。

我的哭声引来众多驻足围观的人,包括父亲的副手,他正好经过。父亲仿佛见到了救星,伸手向他借钱。副手有点不情愿,说他带的钱不多,正要去买一双回力球鞋。父亲不顾人多,低声下气地向他求援,同时保证一个月之内还钱。

看着父亲可怜巴巴的模样，我好像突然之间长大了，打消了买玩具的念头，默默地站起身，擦干泪水。而此时，只见副手摸出一张钞票递给父亲说，拿去，记得要还哦。

父亲轻拍我一记，说，讨债鬼，走吧。

我和父亲跳上石埠，回到了家乡。遥望熟悉的村庄和树林，我幸福得浑身战栗。裤袋里的玩具枪跳动不止，仿佛有了生命一般。

父亲为我买了一把特别小的仿真枪，价钱也最便宜。他说我们吃粗茶淡饭不要紧，玩具更没啥意思，重要的是我们到过上海，见识了世面。我们要向城里人看齐，他们干净卫生，生活安逸，那才是人过的日子。

他希望我刻苦读书，将来成为城里人，离开我们生活的穷苦村庄。在返航途中，父亲反复唠叨这些话，好比老和尚念经。我马马虎虎地点头，手中把玩着仿真枪，心中盘算这把枪该不该借给伙伴们玩耍。

我们经过瓜棚，遇见了黄牛公公。父亲亲切地向他问好，给他烟抽。老人又跟我脸贴脸，说我的脸白净多了，不过身上有柴油味，不好闻。他说，快点回家吧，这些日子，你妈妈一吃完晚饭，就要跑到这里来张望。她可瘦了一大圈，田里的活重啊。

走在田塍上，我一眼瞅见王小毛，他半跪在地上，跟着他父母在田里捆扎稻草。我掏出仿真枪，高举在头顶，大声嚷叫。可惜天色已暗，王小毛只听见我的喊声，没发现我的手枪。他只抬了一下头，不说一句话，便垂下脑袋，继续劳动。这让我很失望,决定不让他玩我的枪了。

村街口立着一个人,看那身形,必定是我的母亲。我声嘶力竭地叫了一声妈妈,挣脱父亲的手,像一匹小野马,奔向了她。

我一边跑一边喊妈妈,心中蓦然升腾起一股委屈,泪水夺眶而出。

散　文

程云屏山，女，1991年生，浙江桐乡人。小学时出版过文集《阳光的香味》。曾参演电视剧《新枯木逢春》《江南四大才子》《喋血孤岛》。

奶奶、猫和宝盒 程云屏山

东经120.54度和北纬30.64度交叉的地方,盛放的白色菊花如北国雪原般铺天盖地,那就是杭白菊的故乡——桐乡。传说这个连凤凰也会来栖息的梧桐镇里,有个叫庆丰的小区。傍晚时分,一位老人家,正在小区的月桂树下给一群流浪猫喂食。她胖胖的,蹲在那儿跟一群挨挨挤挤的小家伙们嘀嘀咕咕的,就像一颗会说话的土豆。等小家伙们吃饱了,它们就往路上去,好像还排出了队伍。这时,老人家就艰难地站起来,开始带它们散步。她走起路来,又像一只南极来的慢吞吞摇晃着的企鹅。"企鹅"的身后跟着秩序井然的猫咪,偶尔有相互打闹的,也有蹑足往老人家脚边蹭着邀宠的,这情形真是奇妙。

这位老人家就是我奶奶。上次来看她,家门前的这棵月桂开得正盛。现在繁花落尽,叶尖也已焦黄……小猫们听到我的脚步声,停下脚步惊喜地睁大了眼睛。奶奶有些耳背,仍一个人独自往前走。我加快脚步跑上前想叫住她。她突然转过头问,飘飘来了是啊?老花的眼睛眯着,满脸笑容。想不到她竟能听出孙女的脚步声。我拉住奶奶的手,她的手跟吹来的风一样凉凉的。奶奶问我，今天天冷，你穿的够不够啊？我说，那你怎么没穿那件背心，只穿了件线衫啊？奶奶说，本来要穿了，听到小黄在"喵喵"地叫，怕它们饿着，就先下楼来喂它们了。

　　奶奶爱猫，在小区里是有名的猫司令。在她的猫咪军团里，每只小猫都有自己的故事。就说这只小残猫，因为是流浪猫，常会被人打，它都被人打怕了。一次竟在树上躲了整整三天，不敢下来。奶奶就在树下守着，朝它喊猫咪猫咪下来吃饭。到了第三天，它犹豫地探出头，奶奶赶紧"派"小黄上树去把它带了下来。见可怜的小猫被打断了一条后腿，奶奶赶紧送动物医院去治，却因伤势太重而没能治好。小残猫从此一瘸一瘸的，行动很不方便。奶奶就给它做了一个小轮子架在后腿上，现在它跑起来都能"漂移"了。还有那只小黄。小黄本来叫小灰。一次奶奶惊奇地发现它和一只哈士奇在抢黄豆，才知道它喜欢吃黄豆，晚上就做了炒黄豆，不想其他小猫都不喜欢吃。从那以后，奶奶就给小灰开小灶，它吃独食，幸福无比。这小家伙就这样天天带着一副只有我能吃黄豆的优越感可着劲儿吃黄豆，吃得连毛色都变了，像只小松鼠，毛茸茸的泛着金光，臭美得很。奶奶觉得原来的名字不再与它相配，决定给小灰改名——叫小黄。改来改去还是这么个土名字，小黄甩甩尾巴很不服气。再说说那只没记性的小笨笨。开饭时间，奶奶拿食盆往地上一敲，扯嗓子喊一声"开饭喽——"音还没落，猫咪们就会一只只优雅地排队蹲在奶奶面前，但没记性猫经常会不在队伍里，奶奶就到处找它。奶奶猜它可能是路盲，就一遍遍陪着它走每条可以通往月桂树下的路，可没记性猫始终保持"资深路盲"的状态，没有进步。奶奶很担心，带它去医院。医生竟看不出端倪，只说这是只老猫了。奶奶恍然大悟，悄悄对没记性猫说，看来你是得老年痴呆症了啊。奶奶就找了块小牌子给它套上，牌子上写着：你好，我叫小笨笨。我年龄大了，和你们人一样，也会得老年痴呆症。如果您看到迷路的我，请把我送回到庆丰小区的月桂树下。谢谢你。后来，没记性的痴呆猫还真的不见了，奶奶很是心疼，沿着原来陪它认路的地方找了一遍又一遍，又去了它可能会去的地方找，可始终没能找到。喂食的时候，看着其他猫咪酒足饭饱后嬉戏打闹、无忧无虑的样子，奶奶就更加想念痴呆猫，她会对猫咪们说，闹吧，都好好闹。把筋骨活动好了，你们的身体就能健康，到老了，还能吃得下、走得动，就不会像小笨笨，得上这老年痴呆症。猫咪们好像听懂了奶奶的话，就不闹了。这一不闹，奶奶就愣愣的，于是就开始自言自语，小笨笨，你知道奶奶在找你吗？怕你饿着，怕你没地方住。你回来吧，可别让奶奶总这么牵挂着你……小笨笨哟，奶奶想你！

　　猫司令还有其他很多事要忙。比如小区里的杂事，她总认为她也有责任的。花园长廊上的葡萄藤一到夏季，攀来绕去茂盛得垂了下来，妨碍小区的老人们在此坐着聊天说家常。奶奶就去给葡萄藤修剪、整理、搭棚架。藤叶太长了就剪掉，已经吐出娇嫩小葡萄的地方，就用报纸仔细包好。那神态就像个园丁。有时她一忙就忙上一个下午，从长廊的这一头到那一头，短短的十几米距离，到处都布满了奶奶的小脚印。"耿阿姨，当心点噢。"匆匆路过的年轻人放慢脚步跟奶奶打招呼，奶奶笑着摆手说没事没事。小区里的孩子调皮，总忍不住要摘葡萄尝尝，奶奶就朝他们喊，葡萄还没熟，不可以摘。他们大声说，耿奶奶，我们不摘了。待葡萄成熟了，奶奶就摘下一些放在篮子里，走在小区路上，碰见孩子就让他们随便拿去吃。孩子吃着葡萄说真甜，有一个吃到了酸葡萄的孩子，酸得眉毛就像饿了的蚕宝宝般抖了起来，奶奶看了就和他们笑作一团。一些大人经过，也跟奶奶讨葡萄吃。奶奶说，这葡萄是给孩子们吃的，你们还没长大呢。他们就打趣说，我们都是奶奶的孩子啊。奶奶笑着说，好，那就等来年有好收成再说。

庆丰小区是一个有些年久的小区，一到雨天下水道总会堵住，奶奶摇身一变又成了下水道疏通工。一次下了一夜的大暴雨，第二天，这大暴雨才渐渐小下来，但下水道又堵上了。奶奶见楼门前的积水又没过脚踝，有人只是垫了几块砖，进出的人都从砖块上跳着走，可那会儿下着雨，奶奶想等雨停再出去。偏偏有个小伙子喊，耿阿姨，下水道又堵了，快去看看啊。奶奶哎哎地应着，取了工具就要出门。爷爷气愤地说，现在的年轻人真不像话，居然叫老年人去捅下水道！我说，你也真是，平时捅捅也就算了，现在下着雨，你一个人去多危险啊！奶奶说，算了算了，我不捅，大家都要蹚水，这雨也不知什么时候能停……爷爷赌气地抢过奶奶手里的工具，说，我去！雨还是一个劲地飘着，爷爷摸不着门道，捅了好久也不见效。奶奶说，还是让我来吧。爷爷不服气地说，我就不信，我对付不了这下水道！想当年小鬼子都害怕我……奶奶笑笑不再说话，把整个伞都罩在爷爷头顶。

忙完了小区里的事，家里的事奶奶也从不落下。奶奶是上海人，却做得一手好面食，就因爷爷是山东人。山东人嘛，不像我们南方人细腻，他们吃得粗糙，大葱蘸个酱，吃个饺子啃个大饼才觉过瘾。可爷爷还讲究个口味，只吃白菜猪肉馅的饺子。爷爷始终是山东爷们儿脾气，从不动手做家务。但每年奶奶生日那天，爷爷都会亲自下厨，动手给奶奶做一碗生日长寿面。爷爷说，这是我欠着你们奶奶的。家里所有一切，奶奶全包了，却从不抱怨。每逢过年过节，一大家子都要去吃奶奶包的饺子。一大早，奶奶就去菜场买鲜猪肉、娇嫩爽脆的大白菜。回家后抢起两把大菜刀开始剁肉，"笃笃笃——"切白菜，"呲呲呲——"再把白菜揉进猪肉里用筷子搅拌均匀，再撒些细盐。搅拌均匀后，奶奶舔一下筷头，仔细辨味，眉头一展说明咸味适中。面早就揉好放在大盆里，上面盖着纱布发着，等面醒了，才可以包饺子。奶奶做需要发面的面包之类的面食时，从不见她用发酵粉，总是用一团被称作"老面团"的面疙瘩搓揉进新的面团里，每次再留一面疙瘩，作为下一次发酵的"老面团"。擀皮子时，右手的擀面杖滚压着左手捏着的面皮，不断旋转着，擀出来的皮子四周薄中间厚，像一片片花瓣。奶奶包出来的饺子，中间有一条筋，说是这样才正宗。一折、一捏、一挤，不一会儿，一只只白白胖胖的饺子就像列队在奶奶面前等待检阅的小鸭子，利索得就像是变戏法。奶奶不要帮忙，大家在客厅里吃着，她一个人在厨房下饺子。饺子滚进锅里，扑通扑通就像鸭子跳水。每年大年初一，大家这样围坐了一桌，寒冷的天气就被冒着热气的饺子给烘得暖融融的。吃着饺子的爷爷，每每这时就会很享受地闭起眼睛哼唱：解放区的天是明朗的天……在厨房忙碌着的奶奶就会和，解放区的人民好喜欢……

爷爷每回饺子吃到一半时，就会感慨一番，你们奶奶做的饺子就是好吃，和我小时候吃到的味一个样……我说，那爷爷快加油，破了去年吃五十三个饺子的纪录！爷爷哈哈笑着满上二两白酒说，爷爷喝酒补补劲，争取破了这纪录。五十三个饺子算什么，想当年我扛枪打仗的时候，一百个都不在话下。

爷爷总爱回忆他过去打仗的那段时光，我们每次听，都装着像第一次听一样津津有味。爷爷每每说到他随部队来到奶奶所在地方的时候，我们小孩子就起哄问，爷爷爷爷，你是怎么搞定奶奶的啊？爷爷笑着说，小孩子说什么搞定不搞定，让你们奶奶给你们说……老太婆，说说那盒子……

奶奶有个木盒子，一直很宝贝地藏在衣柜里。我很小的时候就知道它的存在，却从不知道里面装了什么。记得小时候淘气，我曾把奶奶的木盒子藏起来，奶奶发现后，急出一头汗，在屋里来回打转着找，连平时稳若泰山的爷爷也开始着急起来。我看情况不妙，才把盒子拿了出来。他们没有责备我，反而拿了好多大白兔奶糖给我吃，那时我认定盒子肯定是奶糖仓库。长大了，我对那盒子不再那么好奇了，但奶奶还是宝贝着它。

那年冬天，奶奶去井边打水，一不小心，被井边结了很厚的冰滑倒，整个人就往井里扑下去……正这时，奶奶感觉后背突然被人一把紧紧抓住，把她给拽住了！奶奶惊魂未定，那人已一掌拍在奶奶的肩头，"教训"开了，你这个女同志做事怎么这么毛糙！奶奶吓得不敢抬头。但又听那人接着说，下次得多加小心，这多危险啊！奶奶当时还是小姑娘呢，被这么一惊一吓一拍一骂，只敢从眼角偷偷地瞄了一眼，见救她的人是名军人。就这一眼，爷爷就深深地印在了奶奶的心里。直到后来奶奶和爷爷斗嘴，爷爷总说，当年你肯定偷看我了。奶奶就反驳说，我一个小姑娘吓都吓死了，哪还顾得上看你啊。这已成为了他们的悬案。但我知道，当时爷爷的一拍一骂，就像那只掉入井里的水桶，一下打破了奶奶心里的一池春水。

后来奶奶也成了军人，是爷爷把她招去的，在部队办的幼儿园里做保育员。因为工作关系，爷爷时常会去幼儿园，去得多了，与奶奶的接触也多了，就成了朋友。不管爷爷奶奶那个"悬案"到底怎么回事，有一点是清楚的，是爷爷追的奶奶。爷爷当初招奶奶，他在看奶奶简历的时候，瞄到了奶奶的出生日期，不知怎的就记了下来。我猜测着，可能是奶奶的美丽吸引了爷爷。对于奶奶的生日，爷爷想做点什么，却一直发愁不知该送些什么好。山东大男人没那么多小心思小情调，眼看奶奶的生日到了，爷爷懊恼地想，真是麻烦，不送了。下了"狠心"的爷爷发现炊事班包饺子。他小心思一转，和炊事班长商量说，你看我，平时都要吃上四五十个，今天我吃亏，要你三十个生饺子给我带走怎么样？炊事班长惊讶地说，你拿走生饺子干吗？爷爷说哪这么多问题，用碗硬装了三十个饺子就马不停蹄地往幼儿园送。爷爷把这碗生饺子往奶奶手里一塞，用强硬的态度说，今天是你生日，我们家乡在这天都要吃一碗面，这饺子好歹也算是个面，你将就着把它吃喽！奶奶捧着三十个生饺子好一会儿没回过劲来。据说，那天晚上爷爷回到部队时，已过了开饭时间，他躺在床上，想象着饺子的滋味，听着咕咕直叫的肚子唱了一夜的"空城计"。

关于爷爷，还有一件事令奶奶记忆深刻。有一天，爷爷突然来到奶奶面前,把他一直带在身边的木盒子和一把开盒子的钥匙,生硬地往奶奶怀里一塞说,拿着!奶奶也来了脾气,朝爷爷喊,你这个人怎么总是塞给我一些莫名其妙的东西?!爷爷不理会奶奶,仍旧蛮横地说,你可把这盒子保管好了,我回来就娶你!那一刻奶奶被惊得呆住了。奶奶很快就知道,爷爷是抗美援朝去了,他这一走就是整整三年。奶奶守着一只未曾开启过的盒子,等待了三年……

奶奶和爷爷一共生育了四个孩子,第一个孩子是个女孩,爷爷给她取名叫明朗。我后来才知道,这名字就来自他们常唱的那首歌:解放区的天是明朗的天……他们相伴走过了五十年后的某一天,爷爷走了,走在了奶奶前面。爷爷过世的时候,奶奶很坚强,我没有看到奶奶掉眼泪,只见她忙里忙外打点着一切。每天还是和往常一样,做饭,喂猫咪,但却很少跟猫咪们说话了,而且也不再带猫咪们散步。奶奶经常坐在月桂树下,默默地坐着,一坐就是一下午。猫咪们弄不懂奶奶怎么不理它们了,在奶奶面前撒着欢想逗奶奶跟它们玩耍,但奶奶总是无言地发着呆,军团的猫咪们仿佛也无精打采没了生气。

那天晴空万里,阳光灿烂,我去看奶奶。奶奶坐在阳台的藤椅子上,冬日温暖的阳光打在奶奶银白的头发上,她佝偻着背,神情专注地正在擦拭着那只木盒子,我听到奶奶轻声地对着盒子在自言自语地说,老头子啊,当初你把这个盒子塞给我的时候多精神啊,军服笔挺,满脸朝气,说话却总是那么霸道,弄得我手足无措,我都没跟你说过,你跑开的时候,我就怕了,怕你回不来……我终于把你给盼回来,你这才精神了多少年,咋说走真就彻彻底底地走了呢?奶奶发现我来了，忙用袖子抹了抹眼睛，招呼我过去。奶奶拿着木盒子对我说，飘飘……来，给你看看爷爷的宝贝。奶奶小心翼翼地打开盒子。原来盒子里放着的是七枚军功章，两本爷爷和奶奶的党员证，一张爷爷奶奶都穿着中国人民解放军军装的已泛黄的照片，还有一团用丝绸包着的东西。奶奶一样样地跟我讲解着这些物件的来历和往事，又将丝绸包打开，里面竟是一面仔细折叠着的红旗。奶奶抚摩着红旗说，这就是你爷爷每年国庆节都挂的国旗。

爷爷很早就参军当兵，参加过抗日战争、解放战争和抗美援朝。抗美援朝结束后，爷爷就转业了。可爷爷依然留恋军队，军人气质一直不变。从那时起，每年国庆爷爷都会挂国旗，这是他坚持了半辈子的仪式。每当国庆节这天，爷爷都会起得比往常早，换上平时不穿的中山装，仔细地扣上每一颗扣子，以一个军人的姿态迎接新中国的生日。奶奶这天也会起得特别早，帮着爷爷张罗挂国旗。

爷爷走后，奶奶坚持一个人住在老房子里。这一年的国庆节前夜，奶奶打电话通知子女们第二天去家里吃饺子。第二天，我们都聚集到奶奶家里。我一进门就看到一只只饱满的"小肥鸭"已摆满了桌子，非常诱人。我说，奶奶我饿了，赶紧煮饺子吧。奶奶说，现在还不行，等一会儿人到齐了再说。

后来大家都陆续到齐了。我说，奶奶，人到齐了，可以开始了吧？奶奶不说话，默默地走到橱柜旁，取出木盒子，打开，拿出了国旗。我们都很意外，以为爷爷不在了，这升旗的事不会再继续了。

奶奶拿过竹竿，套进国旗里，姑姑拿过一根白棉线要帮奶奶把红旗缠上,奶奶挡开了姑姑的手,从自己的衣襟上取下一段红色的棉线,仔仔细细地把国旗缠好。奶奶拿着国旗走到阳台上,胖胖的身子压在窗台上,使劲踮着脚,努力把身体往阳台窗外探出去,把红旗的杆靠在晾衣竿上,认真地把旗杆用绳子绑好。大家都插不上手,因为奶奶不让。

挂完了国旗,奶奶招呼大家吃饭。当热气腾腾的饺子一出锅,饿极的我不顾烫嘴,一口咬下去,发现今天的饺子竟然是韭菜馅的!奶奶解释说,知道你们爱吃韭菜馅,老头子在的时候是依着他的口味,如今可以依着你们。我要在世,咱们家年年国庆升国旗,吃你们爱吃的饺子。不过我得告诉你们,我要不在了,这国旗你们可还得继续升下去……

我脱口而出,啊,我们也要升旗啊?

升!必须得升!奶奶严厉地说。

我赶紧连连点头,不敢再说什么。我看到奶奶轻轻叹了一口气,走开了。

当我们吃着饺子、聊着天时,却发现奶奶不在屋里了。我以为奶奶是生我气了,心里忐忑不安,去房间找奶奶,却没找到。这时,楼下传来奶奶惊喜的叫声:回来啦!回来啦!大家一听是奶奶的声音,赶紧奔了出去。奶奶正站在月桂树旁,怀里抱着一只猫。我认识它,就是那只走丢了大半年的痴呆猫小笨笨!奶奶用手轻柔地抚摩着它说,小笨笨你终于回来了,你能记着这国旗,你肯定是看到了它才找回家来的……

一瞬间,我的眼泪夺眶而出。为奶奶,也为回来的痴呆猫小笨笨,还为飘扬着的国旗。

朱个，女，本名朱凌霄，1980 年出生于浙江杭州。2002 年毕业于杭州师范大学人文学院，现执教于嘉善高级中学。

2008 年开始小说创作，先后在《西湖》《作家》《人民文学》《青年文学》《上海文学》等刊物上发表小说若干。作品入选洪治纲主编《2009 中国短篇小说年选》、李敬泽主编《中国短篇小说年选（2011 年）》、王小王主编《新实力华语作家十年作品选》等选本，先后荣获第三届"西湖·中国新锐文学奖"、浙江省作协"2009—2011 年度优秀文学作品奖"、嘉兴市首届"青年文化新人"称号、嘉善县第七届文学艺术"红杜鹃奖"，并有专访散见于《文学报》《嘉兴日报》。小说集《南方公园》入选由中国作协、中华文学基金会主持的"21 世纪文学之星丛书"2013 卷。

小而美 朱个

有个吃素的朋友,每到陌生城市总爱去当地的菜场转几圈,还老是说,感受一下市场里花花绿绿的蔬菜果子,闻一闻讨价还价的烟火气,就像穿越回《清明上河图》,那才是清晨最美好的开始。菜场?难道不该是污水横流馊味弥漫?买菜?超市不是更加明码标价干净便捷?至于扯到《清明上河图》吗?对这种文艺兮兮的偏好,我时常嗤之以鼻。

有阵子,母亲从杭州来嘉善小住。周日起得晚,她说要去菜场看看有没有落市菜,还问我要不要一起下去走走。相比超市,母亲一直更喜欢到菜场去买菜,勤俭持家惯了的主妇,尤其喜爱逛菜场、路边摊。一路上,母亲告诉我,她喜欢逛嘉善的菜场,不光是小菜比杭州要便宜,人情味更足,她去得多了,还有了几位相熟的摊主,总会给她留着实惠好货,从不缺斤少两,反而主动抹零,有时候还要多送把香葱呢。仿佛就是为了验证这番话,我们刚跨进菜场,门边摊位上一个四十出头的妇人便"大姐、大姐"地叫住了母亲。

母亲也停下来与她招呼。令我吃惊的是,母亲居然能叫出妇人的名字。妇人是卖藕的,长相拙朴,身前摆着几大盆洗得干干净净、嫩得好似小孩手臂的莲藕。她问母亲有没有忘记她家地址，怎么不来家里坐坐？一个个问题迫不及待丢过来，简直像久别重逢，又像是他乡遇故知，说着说着还随手从盆里捡出几段藕，甩甩干，拿袖管擦擦，一定要塞给对方。在我外人看来，这热情凭空升起，仿佛小小一朵白云，温柔悬垂着，如果硬要说给人某种圣洁的想象，不知道会不会有点修辞过度。反正，那姿态是在我平素接触的人群里难以感受到的。这热切地想要表达，想要把好东西无条件跟人分享的心思，可以是奶可以是蜜，还有那架势，既令人意外也是任何人都不能拒绝的吧。

接下来的时间，我就像个置身事外的人，讪讪站在旁边，看二位你拉我扯，大声推让，客气得好像在闹架。结果，莲藕还是装进了我们的袋子，直到我们转身离去，妇人还在说，大姐常来啊，我家里地址记得喔？一定要来坐坐……

离开摊位，看我一脸诧异，母亲就解释，以前送过她几件旧衣服，当时还怕她嫌弃，没想到，一直记牢的，每次走过她摊位，一定要给我几段藕，还要请我去家里做客，实在是不好意思，下次来从另外的门进去好了。我呵呵笑着，被由先前的偏见所裹挟而来的难为情包围起来，充溢着鼻腔的菜场气味，也被另一种超越其上的陌生而温暖的情意替代了，渐渐开始理解爱逛菜场的那位朋友的心。诚然，超级市场整齐明亮干净有序，但这舶来的物事，终究不是我们的宗教。线条笔直的钢制货架，取代不了弯弯曲曲的藤条菜筐；流水作业的收银机，取代不了讨价还价的世态人情。菜市场、小集市不光只有脏乱差，孩童时代的我们都随母亲去过菜市场，只要挖掘一下记忆,我们能轻松地回想出集市的气味:那儿有鸡飞狗跳,有三教九流,有自在;那儿有良心经年累月摆在秤砣上,那儿是琐屑,是哲学;那儿有真实,是片片蕴积于"小"里的"美"。

住到嘉善也有十年出头了,这样的小菜场已经越来越少,随着子女搬到镇上的阿公阿婆们,也老早习惯了推着购物车穿梭于超级市场。眼见着街道越来越宽却越来越堵,蓬勃的住宅区生机盎然地拔地而起,而且个个有着响亮拗口的名字。大多数时候,住在小城里,却并没有住在此地的感觉,好像存在于这里,又好像存在于任何一个和此处相似的所在。唯有一处地方,微妙地还暂时没有被城市化的手臂拉扯到,或许能够在那儿找到些什么。

沿着小城古老的中山路往西走,过了绿草如茵的新小区,过了闹哄哄的学堂,没走几步,会遇见一座拱桥。弧度高,长度随之便短,用高大全的眼光去看,它很不合时宜。那些年,桥边总是堆着一摊黄沙,随着节气的变化,颜色深了又浅,每天都有人拖来车铲上几勺,它却像会变戏法一样,从不曾少下去过。他们告诉我,这个地方叫黄沙滩。为什么叫这个名儿,谁也说不清。不知道是先有黄沙还是先有地名,不过肯定没有哪处的黄沙能像这儿一样,大大咧咧地躺在路边,洋洋洒洒地恣意飘扬,骄傲地存在着。过了黄沙滩,再走一小段路,西门就到了。

顾名思义,西门,是小城的西城门。过了西门,后面就是通向远方的铁路了——请暂时允许我把目光放在这一狭隘并过时的城乡分界线上。走进西门这一段不足百米的老街,熙攘活泼的一个小世界,毛茸茸的跃动出来。烧饼油条店、凉粉店、玻璃店、杀鸡店、金店、鞋铺、肉铺,平板三轮、贩夫走卒,传统的生活形态藏在这里,缩略的《清明上河图》凭空复活了。有一阵,几乎每日要路过西门老街,停车很难,推着三轮车的大嫂却主动给我让路,还一脸歉意摆摆手,仿佛理所当然是她的错,难道路边都应该是汽车的占领区吗?如此却叫我羞得满面通红。那家曾经不知路过多少次但从没有进去过的小吃店,应该叫茶馆更合适吧?总是黑洞洞的不怎么亮堂,因为长条凳上时刻坐满了密密麻麻的老人,他们闹嚷嚷地在同一频段上发出声音,沉沉地显得昏暗,也算是一种"不知有汉,无论魏晋"吧。不管外面天旋地转,我自在此岿然不动。那边走过来的大爷,他是在走吗?如此缓慢和僵硬,每一步都定格在似动非动的瞬间,恨不得要人在他身上找出某个快进开关——可你看他脸上,眉毛松松,眼目舒展,笑意含蓄,迎着风微微昂起头,分明有股不管怎样皆要享受每时每刻的好心态。可西门的小狗们再是闲庭信步,都永远忙碌碌地走得比人快,那些叼着一根骨头或一段树枝匆匆赶路的劳碌命,从来都不是没有,你要是说这些无聊吧,我就觉得你无趣了。生活,他人的生活,即便是一条狗的生活,都够不着外人来指手画脚呢。

如果在西门住一辈子,大概每天晨起都会遇见微笑的农妇,挽着一篮湿漉漉还透着新鲜魂灵儿的小菜吧。阿婆们走过,随口问个价钱,不管买不买,和气随时奉送,这实在算是种古意乃至诗意盎然的存在了。而在西门的每个黄昏,人尽皆知的傻小子阿强永远抱着塑料小板凳,像孩子恋着心爱的玩具,在那个固定的路口,雷打不动地看着旷远天空,表情安详。在他周围,人力车、电瓶车和农用车川流不息,彼此间仅仅差距几毫米而最终相安无事。一切都乱糟糟的,一切却都秩序井然。远方暮霭沉沉,一场大雨正在酝酿。像某种亘古以来的仪式,像有某种宗教的力量,这些细小的事物在此一瞬具备了恢宏的神性存在。

回想起在嘉善初来乍到的日子,曾经不太习惯这镇东打一枪镇西就要吓到人的微小格局,人们走在老街的樟树浓荫下,一路都会碰到打招呼的人。不是一道逃过学的小伙伴,就是隔壁太婆的远房亲戚,到处都是和善的脸,小叔小哥皆笑脸相迎,叫声伯叫声婶随便怎么叫都没有错。小吃小店,小家小贩,小事小日子,小有小的味道,小有小的活法。小并非一定对应于"落后",并非一定对应于"拒绝",小是自在,是舒适,是内心安宁,小里含着我们存在的证据。时代若是为人生服务,那在大潮流的摆布下,能够坚守方寸的血沃之地,耕耘之,涵养之,让其上开出蜜甜的花,这不同样是一种美吗?

　　夏烁,1986 年出生于浙江西塘,2012 年开始发表小说,作品散见于《上海文学》《江南》《青年文学》《萌芽》等刊,曾获得《上海文学》奖、中国文学现场月度作家。

南市路的丁茂 夏烁

路过南市路的时候,我常会看到丁茂。

有时他正提着铝壶弯着腰,给地上一排彩色的热水瓶冲水,陷在一团雾蒙蒙的水汽里;有时,他背着手,挺着肚子,稳当地站在店铺门口的街面上,听人聊天,听着听着,他就向前探出头,瞪眼看正在吹牛的那个人,一副很认真的样子;也有时,他会心不在焉地自顾自四处张望起来。

这种时候,他就会隔着灌木乱长的花坛看到正巧路过的我。我呢,也正看着他,但又急匆匆地朝前赶路。我转过头时,他也已经移开视线,看向了别的地方。

我想他一定不记得我了,但我记得他。我还在读书的时候,我妈在南市路上有一爿小百货店。几乎每次我去找我妈,他都在那里。我一到,他就倏地站起来,把店里仅剩的凳子让给我,然后,走出逼仄的店铺,走到街面上去,背着手,挺着肚子,稳当地站在那里看着我们。

他不会说话,我不记得自己跟他说过什么。可我妈跟他很相熟,只要他"嗯"的一声,她就会回应他:"吃饭去了是吗?"

他又"嗯嗯"两声。

"哦,你去逛吧。"

他便很放心似的,摇摇晃晃地走了。

要是我妈带我到后面房东家上厕所,就会跟他讲:"丁茂,我们到后面去一下,你帮我看会儿店哦。"

他惶急地摇摇头摆摆手,指指路过的人。

"没事的,有人来买东西你就叫他们等一下。"

他不再拒绝了,但还是苦着脸,很担心的样子。

他像是那种没什么脾气的人,但也有过一次,我到店里时看见他正涨红了脸气恼地跟我妈"嗯嗯"嚷着什么,一边不断举起手臂指向家的方向。

我以为他们吵架,心想我妈也太好欺负了,杀气腾腾地上去想帮腔。可听清他们的"对话",才知道那是他跟家里闹别扭了,正在找我妈诉苦呢。

到现在他都没有变,理着平头,衣着整洁,常穿格子衬衫,下摆塞在裤子里,也还是仿佛随时就会惶急起来的样子。我不知道他几岁了,只觉得他还和我小时候一样,而我已经很大了。因此,虽然几次路过看到他,但我都没有跟他打个招呼。如果他苦着脸想不起我是谁,那我好像是没有办法跟他说清楚的。

有天晚上我和我妈在快餐店里吃东西。那天空调温度打得刚刚好,店堂依旧明亮热闹,还是不断有聒噪的孩子从我们身边跑过。这几年我们常在这样的店里聊天,一坐就很久。

她突然跟我说:"你带回来的糖,我给丁茂了。"

"啊？"

"呀，就是南市路的那个丁茂。"

"我知道啊，你去南市路给他的？"

我妈不开那家店已经很多年了。

"每年中秋节我都要去一下的，过节嘛，给他送点小东西。我把电瓶车停在他们家的窗口，他们住在一楼，他在那里看电视，我就叫他，丁茂，他走过来，从窗里看到我拎着一袋东西，哈，他知道我送给他的，急死了，也不敢出来，只是拉开窗，一边拼命朝我摆手，一边朝里面喊，妈，妈，他只会喊妈啦。他爸爸听到了就走过来，帮他拿了东西，说，谢谢哦小张，你每年都记得我们家丁茂。"

她手舞足蹈地跟我说完这些话，在人来人往的店堂里。我妈这个人，内向又胆小，但有时对着我讲起事情来，就会有点忘乎所以。

"妈你人不错诶。"我用搅棒搅着饮料说道，其实心里挺感动的。我小时候与她相处的时间不多。这几年终于了解了她的好，还有她的苦，常因她温和达观而自觉幸运。

可她忙否认道："又没有给他什么好东西……就是一个西塘大月饼，一包糖，还有饼干麦片之类的，又不是什么好东西。"她一脸的"此事不值一提"，那是她说起自己时常会出现的表情。

"你走了之后还有没有人理他啊？"我说。我妈离开南市路后没多久，有一次，我没来由地担心起这个来。

"当然有啦！南市路上认识他的人多了，怎么会不理他呢……"

这个答案让我很欣慰,可我心上又分明有了点异样——我是因为自己没理他,才揣测别人也和我一样的吧。

我妈又说:"他现在帮人家烧水,每个月有两百块钱。"

"我看见了,有钱拿?这样他也算有个工作诶。"

"嗯,他常在那儿转,看到街边煤炉上的水开了,就不声不响地把水灌进热水瓶,后来人家过意不去,给他每个月两百块钱,让他烧几壶水。那家人开了个干洗店,里面还摆了几张麻将桌,搓麻将的人要喝水的。"

"他几岁了?"

"我算算,他属……一下忘了他属什么了,也有 40 岁了吧。"

我分明也知道他该是不小了,但还是很惊讶地说:"40岁了!"

"你都多大了!"

"也是哦。可是……"

"你别看他这样,他很拎得清的。"我妈抢着说道。

可我并不是觉得他脑筋不清楚,我想说——可是他一点都没有变,既不是小孩也不是大人,一直都是这样。然而这话也确是说不通的,因此,我继续听着我妈说:

"我要进货的那天,他一大早就等在店门口,等我来了,他就去把堆在后面的酒箱子搬出来,然后帮我把酒瓶分类,啤酒瓶啦,黄酒瓶啦,酱油瓶啦,醋瓶是一箱十二个放在纸板箱里的,那些瓶子很重的……"

弯着腰的丁茂、镂空塑料酒箱、棕黄或碧绿的玻璃瓶依次浮现在我的脑海中。渐渐地,那个当作店面的铁皮棚也被记忆清晰地勾画出来,还有夏日里吱吱不休的电扇以及妈妈从半截手套里露出的红肿的手指——这些艰难的画面里并没有我。但我没有停下来为自己的缺席表示歉意,只是打断她问:"那他怎么会这样?"

"他妈生他的时候生不出来,是被钳出来的,就钳坏了……"

"哦,好可怜……"

"哎,其实他不笨啦,就是不会说话,走路有点瘸,看上去不大乖巧。哦!我几次碰到他他都跟我说起你。"

"啊?"

我放下手里的饮料,抬头看着妈妈,一下不安起来。

"是啊,他都指指外面,这样。"

妈妈学他的样子,手掌伸直朝下,举过头顶,前前后后比画着。

他认识我——我像是做坏事被拆穿一样脸颊发烫——我却总是急急忙忙地别过头去,从来都没跟他打过招呼。

"啊……可我都没有叫他……我以为他不认识我的。"

我俯到桌上,喃喃道。

"那又不要紧。"妈妈赶紧肯定地说道。

大概是为了安慰我,她又接着说:"又不是没人理他,他爸妈也对他很好,他爸爸每次出去跟朋友吃饭,都不带老婆带儿子的哦。"

我让心中的愧疚表露在外,就是想要这样的安慰吧——要是他过得挺好,我的冷漠就可以忽略不计了,那么我也便可以原谅自己了。

可是，我想起了一件事。

有次我在妈妈店里因为一点小事跟她吵了起来。我脾气不好，扭头就走。走了几步气呼呼地回头，看见丁茂背着手站在那里，看看我，又看看我妈。他皱紧眉头、微张着嘴看着她，仿佛是在等她告诉他应该怎么办。

我立刻后悔了，大多是觉得丢人吧。但正因为这样，还是不留余地地走掉了。

那次之后，我再到店里，就不太去朝他看了。

而他那慌张的神情，我还能清楚地记起。

其实，一直到现在，每次看见他，我都要想到这件事。

那一天是我的生日，曾有那么几刻我颇以为，终于想到在母难日把时间和礼物都留给妈妈的自己，的确是成熟了。可是，说起南市路上那个我始终没有跟他讲过话的丁茂，我的自信便只好一点点地丧失了。在他的眼里，我大概还和小时候一样，只会扭过头，匆匆走掉而已吧？

吴文君，浙江海宁人，1971年生，迄今已在《收获》《人民文学》《十月》《上海文学》《中国作家》等期刊发表中短篇小说四十余篇，多篇获转载。曾就读上海首届作家研究生班、鲁迅文学院第十七届中青年作家高研班。出版小说集《红马》。短篇小说《在天上》收入《中国当代新锐作家小说精选一》，2012年韩国出版。现为中国作家协会会员，浙江省签约作家。

诗意的温柔与敦厚　吴文君

嘉兴一地很早有先民生息，这有今天的马家浜文化遗址可证。据以出土的稻谷、米粒和稻草实物，也说明嘉兴普种稻米的久远历史。三国吴时，因喜见"野稻自生"，更名为禾兴，嘉兴的别称禾城也是从那时就有的。

小时候坐火车，从海宁去上海，第一站停的总是嘉兴。不等火车停稳，车厢里便开始骚动起来，不在这一站下的人也纷纷离座，拥到车窗车门前，把钱递出去，从站台服务员手里换回单只的或大包的粽子。车厢里长久弥漫着粽子浓郁的香味，不饿的人闻了，也要饿起来的。幼时的我对嘉兴的了解只是这一点。

等到大一些，读到槜李的故事，迷了进去。我始终相信传说的确有其事——一点也无，又怎能代代相传呢？范蠡送西施去吴国途经嘉兴的故事，我坐在天井里读了许许多多遍，每读到西施以槜李解渴，纤细的指甲在李子上划过，以至后来嘉兴所产的槜李上都有一道浅痕，是别地的李子所没有的，便遥想着，一头坠入过去的时代，简直不知今夕何夕起来。

　　传说和典故充实着我对嘉兴的认识,然而和嘉兴人的交往却要晚许多。也还记得第一次去嘉兴的经过,是二十几年前 8 月底的暑天,我刚从学校毕业,拿着分配通知单去单位报到,才知还需去上一级单位办分配手续。这个上一级的单位在嘉兴,刚巧这天有车过来巡查,返回时便把我带了过去。到了嘉兴,找到人事科,办完手续已近下班时间,末班汽车也没有了。我有些不知所措,想到一个同学常提起的朋友就在嘉兴,联系同学试着找了一下,还真找到了。不好意思地说了自己的情况,她马上说我可以住到她家,明天早上送我去车站。我很高兴,同时对自己走进一户陌生家庭打扰别人的生活又有些忧虑。不过,等我绕过弯弯曲曲的小巷,走进她家,坐到她的双亲边上,吃着热气腾腾的家常的饭菜,说着家常的话,忧虑已不翼而飞。他们是热情的,却热情得恰到好处,亲而不腻,虽问了我不少话,却绝不来问令我不好回答的家庭以及自己的隐私。房子看上去住过许多年,处处弥散着旧日的气息,却显然有一双勤快的手,每天利落地收拾着,又因为细密的心思,本应芜乱的杂物充塞在不大的房间里而并无拥挤之感。更让我意外的是,我与这位同学的朋友虽第一次谋面,却一见如故。也许因为我们年纪相仿,都刚从学校毕业开始工作,对自己将有怎样一个人生都有着迷茫而好奇的猜测。这天晚上我们聊天聊到深夜,而她也成了我认识的第一个嘉兴人,第一个嘉兴的朋友。

　　时间过去十二年,常读嘉兴《南湖晚报》的我,偶尔写了一篇散文,随手寄给晚报的编辑。一周后,我在报纸上意外地看到自己那篇,惊讶地想,编辑还真的用了,冬日淡淡的暮色下，第一次发现原来自己还可以写点什么。之后又陆陆续续写了一些，经编辑的巧手，一篇篇安置到报纸合适的位置上。正因为有这些散文的铺垫吧，半年后我写起了小说，而且一篇接一篇写了下来。从这个意义上来讲，嘉兴可算我文学之路起始的地方，我和编辑也有几次见面的机会，成了朋友。

这些年，因为写作，我认识了越来越多的嘉兴的作家、诗人，我最好的几个朋友，都在嘉兴工作着、生活着。他们虽各有个性，却延承着一种温良淡然的秉性。

"其为人也，温柔敦厚"，本是诗教的效果。诗教所以有这样的效果，是因为诗的性格是温柔敦厚。

《礼记正义》的解释：

> 温谓颜色温润，柔谓情性和柔。诗依违讽谏，不指切事情，故云温柔敦厚是诗教也。

"诗人将其温柔敦厚的感情，发而为温柔敦厚的语言及语言的韵律，便形成诗的温柔敦厚的性格。"徐复观在《释诗的温柔敦厚》中如是说。这也就是我所遇到的这些嘉兴人的性格了。

嘉兴明代已有"江东一大都会"的美誉，今天的嘉兴地处杭州、上海两大都市之间，日益繁华、富庶。然而嘉兴人始终是淡然和温和的。客气、节制，喜怒少形于色，诗的另一性格"辛辣痛烈"极少会在他们身上显现。

这稻米一样温良的性格究竟来自于哪儿呢？嘉兴古称槜李——在这里传说显现出它的含糊，它既是西施享用过的水果,也是古地名——《史记》中的吴越争战之地。在这场惨烈的战争中,越王派出敢死队,排成三行,走至吴军前呼而自刭,趁吴师观之,发起猛攻,取得大胜。作为吴越边境的嘉兴,谁又知道发生过多少次征战,被血染过多少次?

"太热的感情是刚烈的性格,太冷的感情是僵冻的性格,太热与太冷的情感,不管多么强硬,常常只有一个层次。突破了这一层次,便空于所有。"

既温且柔的感情,所以会从热到硬转化过来,是因为在反省中反现了无数难以解脱的牵连,乃至人伦中难言的隐痛。感情在牵连与隐痛中挣扎,在挣扎中融合凝集,使它热不得、冷不掉,而自然归于温柔。由此可以了解,温柔的感情,是千层万叠起来的敦厚的感情。有着永恒的感染力。

这诗教的性格,究竟是否从吴越之战时,就已深入嘉兴先民的血液,一代一代,一直传至今天的嘉兴人的血液中?而嘉兴至民国时,佛寺道观众多,是否是造就这一性格的另一侧面呢?也是无从得知了。

今天的嘉兴依然依傍着大运河,一日日发展壮大,一日日从江南的薄雾中醒来,每条街巷,都开始活动起来。最美的嘉兴人何止一个,而是遍生嘉兴之地。

余一卒，本名俞翔，浙江嘉兴人，小学教员。出生于20世纪70年代末，曾在《散文》《雨花》《西湖》等报刊发表散文、随笔数十万字，曾出版《王尔德与〈巨人的花园〉》。

缺席的父亲 余一卒

我没有把父亲当作敌人的童年记忆。我没有机会与他对峙，也没有机会像我的玩伴一样展示身上的瘀青或红肿，同时咬牙切齿地痛恨自己的父亲——我的记忆里甚至没有清晰的父亲形象。邻居建房占了我家的地，是母亲前去理论的，是我哥操起一截青砖为挨打的母亲前去与人拼命。大水淹了田地，是母亲带着我们兄弟俩蹚水割稻子的。父亲缺席了。

我只知道父亲在上海——后来，我不知道从哪儿弄到一张上海地图，我可以轻而易举地找到父亲当年的各个落脚点：青浦，嘉定，莘庄，或者徐家汇——我只能猜测上海距离我们居住的村庄太过遥远。母亲说再过去就是大海了。大海。大海是我的想象力不能企及的世界了。我问母亲有没有见过大海？母亲为了治病，曾经跟随父亲去过一趟上海，后来却无论如何也不愿再去了。我以为她可能有机会见识过大海。母亲没有回答我。我却捕捉到了母亲眼中陡然黯淡下去的光芒。"上海"也在我的想象力之外了。上海的房子很高吗？高，一抬头帽子就掉下来了。母亲说。我顺着母亲的眼神一仰头，只看到屋檐下被切割的一方雨天。

　　父亲骑着他那辆结实的海狮牌二十八寸自行车出现在我们眼前时，母亲脸上的阴霾一扫而光了。我却即克制住同样欣喜万状的脚步，踹了一脚门槛，咬着牙退回灶口继续添柴烧饭，以至塞了过多的稻草，呛了一鼻子的烟。父亲抚我的头，我却犟着脖子不吭声。他肯定不会发现我的眼里噙满泪水，更不会揣测我满肚子的委屈和愤懑——管抽水机站的跛脚蹚过我家的水田，笑着说你爹不要你们了啊。我觉出他的笑容不怀好意，忍住了什么也没说，也没动。母亲和我哥也是。跛脚讪笑着跌跌撞撞走了。

　　可是有一回为了父亲我差点和人动武。我在作文里写"我的爸爸是一个工程师"。当时我相信任何一个建造房屋的人都是工程师。我的理想也是成为一个工程师。我在自家的屋檐下写作文，我趴在长板凳上，一边写一边想象父亲在脚手架上来回穿梭，想象他手指着图纸向大家说明工程走向的情形。我沉浸在自己的叙述里，或者说想象里。我没有发现更不曾提防，一个比我大些许的玩伴突然抢走了我的作文本。他大呼小叫着："他爹是工程师！他爹是工程师！"他的奚落和嘲弄引来身后那帮喽啰的应和。我涨红了脸，跳着脚想抢回作文本。本子在空中飘来飞去，从一只手上甩到另一只手上。直到他们意识到我已经疯了似的扑向其中任何一个人，才闹够了一哄而散。本子瘫软在檐下的阶石上，撕裂了，散乱了。我从来没有原谅他们，但我也清楚他们也许永远不会明白自己究竟做了什么。

　　父亲的确不是工程师，他仅仅是个泥瓦匠。我们村里到处都是泥瓦匠。父亲说他能看懂简单的建筑图纸，所以他的朋友一定要拉着他才可以在上海找到一些小工程——许多年以后,他开始回顾自己的半生,他的言说重新构筑了他的往昔——他们辗转在上海周边,偶尔才进入市区。我说你是第一代农民工,也算是得风气之先了。我没有提起小时候心目中他的形象。他郑重其事地认可了。他说那会儿能离开村子外出闯荡的又有几个呢?他不无自豪地讲述自己远赴河南河北、进京出关、直抵包头二连浩特贩卖纱巾的故事,他说起内蒙古遮天蔽日的风沙,说起包头骡马大店里难以忍受的异味。他说要不是在二连浩特被边防警察阻拦,也许一脚就迈到蒙古了。那一刻我已经有足够的地理知识跟随他的叙述,我适度地纠正他叙述中的错误,并打岔开一些无关紧要的玩笑。他也笑,他说要是能坚持下来,也许就不是现在这个样子了。我们一起陷于沉默。

他说他被北方不可理喻的气候吓怕了,宁愿重操旧业做泥瓦匠。他混迹在上海周遭,逢年过节、农忙时候才回一趟家。他回来,是我高兴的,也是我担心的。他照例每天要喝酒,偶尔也会喝醉。尤其是过年,肯定会喝醉,而且醉得不省人事。所以我一直害怕过年。关于过年的记忆只有一次例外。那天我随他一起到几十里外的亲戚家拜年,吃罢晚饭准备回家。我正等他骑上自行车好坐到车后架上,可他似乎没有骑上去的意思。我以为他又喝醉了。儿子,你坐前面吧?他拍拍坐凳前面的横杠说。这怎么可能?我这么大了哪里坐得下。我说。你不坐怎么知道?你不要担心老爸有没有喝醉酒。他固执己见。于是我坐了上去。他笑着把我的头摁下去一点,以免挡住他的视线。于是我侧着身子几乎趴在车把手上坐了一路。天气干冷干冷的。乡村一片静谧。微醺的酒气从他酣畅的呼吸中喷发出来，混合着田垄里麦苗的气息，我忽然发现自己离父亲居然这么近，这么近。于是酒似乎也是可以亲近的事物了，然而它更是令人厌恶的。他躺着哀号，呼告，或者呻吟，猛然又跳起来，甩开母亲的毛巾，兽一般地跳跃奔跑，而后又直挺挺地跌倒下去。一脸哀戚的母亲趁歇摁住他，大声跟他讲话，又指派早已呆若木鸡的我去找大姑。大姑家在隔壁村。我上气不接下气地出现在她面前，一句话也不用说，她就会拍着自己的大腿喊一声"我苦命的兄弟呀"，然后拔腿就往我家跑。等我张皇失措地回到家，两个女人正一把鼻涕一把眼泪地焚香化纸祷告。而我的父亲，已然安静地睡去，仿佛正沉入无底的深渊。

暗地里我一直笑大姑她们的迂和愚，直到现在我才懂得这其实就是"命"。许多事不能解释，许多事命中注定。

父亲出事那天我正在新屋廊檐下擦拭我的自行车。建房时伯父过来大吵大闹，父亲什么也没说，也不让我们出去理论。建好房子后父亲拉我去镇上买了这辆自行车——我原本有一辆自行车。我要到镇上读中学前，他不知从哪儿搞来三辆旧车，拆卸，组装，居然拼装出了一辆。但他还是给我买了一辆崭新的自行车——每个周末，我都会宝贝似的不厌其烦地擦拭轮毂、辐辏，给每一处关节抹上机油，并调试每一个螺丝和螺母。

我被安排着赶到城里已经是几天后的事了，母亲在医院过道里抱着我号啕大哭。几个舅舅和其他亲戚站在一旁，叹气，抹泪，劝慰。父亲躺在病床上，白色的被褥淹没了他。我几乎无法确认这就是我的父亲，他的头被厚厚的纱布包裹着，鼻子里插着氧气管，几根输液管悬垂着，隐没在被褥下。大舅轻轻呼喊他，他才缓缓睁开眼睛，隔了很长一段时间，他才说出一句话："儿子，以后都要靠自己啦……"——年后，我几乎想都没想就放弃了志在必得的城里的高中，投考另一座县城里的师范——而那一刻我竟然不知道如何应答他，而他也等不及我说话，又沉沉地陷入昏睡之中。亲戚们一次次重复着他从脚手架上跌落的情形，我一直不能耐心地听完，也不能集中注意力想象其中的任何一个片段。我只知道，父亲又将缺席了……

他醒过来了，但从此没有再站起来。他在自建的新房楼下打了个床，他只希望能靠近窗，靠近门，哪怕他其实并不能离开床半步。在父亲的视线和母亲的叹息里，我们重新开始生活。他看着我们进进出出，看着我们围坐吃饭——我们把餐桌摆在他的房间里——他谛听鸟雀啁啾着掠过屋角，想挣扎着坐起来看一眼，可等到他撑起身来，鸟儿早没了影踪。我时常暗自揣测，如此漫长而沉闷的时日里，他会不会想起自己曾经走过半个中国的经历，会不会想起自己辗转上海的往昔，又会不会回忆自己的童年和少年时光……

他曾经和我说起他小时候生产队食堂粮食告罄，伯父捧回一罐子只漂了几片菜叶的粥，没舍得喝，却给了他；他曾经不无遗憾地说要是当年脖子一犟，没听他父亲也就是我祖父的话，偷偷离家出走，随大伙儿出去串联，也许能有更多见识，不会只守着两椽破屋过了半生；他说初中毕业后他在村里小学代了几天课，如果不是耐不住性子宁可学手艺挣工分,也许现在就是另一番模样……

没有如果,只有事实。事实是他躺在病床上"生不如死"。这话也是他自己说的。有一段时日我发现他的眼神如影随形,犹如芒刺在背。我不敢说出我内心的担忧,也不敢直面向他说出我的劝慰。谢天谢地,他终于可以坐起来了,他可以坐在轮椅上从一间屋子转到另一间屋子了,他可以到场地上转圈了,他终于可以摇摇摆摆地到镇上去了。他几乎死而复生了,哪怕只剩下半个——求学时,有一回他寄给我的家信里自称"残父",触目惊心之余,我似乎稍许明白他呼告无门的痛苦和自责。

等我自以为完全明白父亲,还是以后的事了。

那会儿我重新骑上了父亲给我的自行车,往返于十几里外的一所乡村学校和家之间。终于有一天我厌倦了自己多年来几乎惯性化了的行进路线,我希望可以改变自己被拨弄的抛物线。我说我想离开。母亲和兄长的反应在我的意料之中。父亲沉默了很久,重复了他说过的话:"以后都要靠自己啦……"又幽幽地补充了一句,"你也一直靠不到什么的。"我很诧异。原本期待中的叱问、责难和阻挠都没有出现。于是,酝酿已久的各种说辞也失去了我以为具有的说服力。哪怕是一番争执也好啊,没有。现在写下这些,我依旧难以揣测父亲当时的沉默意味着什么?他在想什么?他是不是会觉得这样的场景和情形似曾相识?只不过所有人的位置都有了戏剧性的、又宿命般的变化。

时至今日,现实似乎一直是朝着我期望的方向发展的。这也使得我可以坦然地坐到父亲对面说:"你瞧,那会儿的选择是正确的。"他也乐得接受这样的事实。我一根一根地把烟递给他，他一根一根地点上，一边说："少抽点。看来你的烟瘾不小了。"我还没说什么，他又说，"唉，不过也难说，你要做事，不抽烟有时也不行的。"我笑了，这不是什么好的理由，但他替我说出来了。我们还没有能力达到"多年父子成兄弟"的境界——他应该没有听说过类似的话——但我竭力保护着这样的氛围。母亲数落他又抽烟喝酒，他不反驳。我笑着对母亲说："到了这个时候，想怎么着就怎么着吧，什么都经历过来了。"母亲不吭声了，她愿意听我的话。我们聊天，聊东家长西家短，聊中东风云欧美局势，聊他的过去，聊我们共同的记忆。我不会把自己眼下的忧虑说给他听——他无法"在场"，就让他一直缺席下去吧——我说的都是美好的现在。他忽然长长叹了口气说："我知道你心气高，要不是我，兴许你也不是今天的模样……"我只是嘿嘿地笑，我不认可，我也不会反驳。我只是觉得他终于可以把心底里的话畅快地说出来了，这比什么都好。再抽一根烟吧！

　　既然命运给了你一个无法选择的父亲，那就听他说说吧；命运给了你一个无法选择的孩子，那么，也请你好好爱他或者她吧。

　　今晚，父亲，我一遍遍写下你，写下这个词汇，万般滋味，但一样畅快。

　　宋依依,女,1994 年生,浙江嘉善人,现就读于浙江师范大学中文系,作品散见于《浙江日报》《嘉兴日报》《江南晚报》等报刊。其中《闪光的浙师大校徽》荣获"因善而美丽"全国第二届"善文化微散文"大赛三等奖;作品《突然消失的二胡声》在"海丰杯首届吴根越角新故事创作邀请赛"中荣获铜奖。

汾湖品蟹 宋依依

　　去年国庆节,在上海的舅舅携妻带子来老家嘉善陶庄度假,为了表示盛情,我和爸爸妈妈带他们游玩位于陶庄镇的汾湖渔家乐休闲基地。

　　小车到达陶庄镇往北开半个小时,"悠悠水乡行,醇醇汾湖情",路边的欢迎词在绿树的映衬下很是醒目。途经国家级水上训练基地便来到了汾湖穿堤,长达三公里的穿堤将汾湖一分为二,向北远眺,壮阔的汾湖碧波荡漾与江苏吴江仅一湖之隔。在湖水特别窄的堤东面,对面 318 国道边高耸的厂房和来往的车流清晰可见。据说汾湖是古镇西塘水的源头,西塘黄酒就取汾湖水精酿而成。"西风响起,芦苇摇曳,静静湖面,帆影点点。"随行的表妹徐恬很有诗意地说了起来。

　　因舅妈是上海人,每到假期,舅舅总要带她到家乡的景点走走看看,古镇西塘、丁栅白鱼塘、大云拳王农庄,到处留下了他们的足迹。嘉善是"鱼米之乡",特产比比皆是:姚庄的黄桃甘甜爽脆;惠民蜜梨果大质优;丁栅甲鱼滋阴壮阳;汾湖螃蟹膏肥肉厚;范泾草莓绿色无公害、干窑大米粒型晶洁……每一样味道都尝了个遍。

走进汾湖河畔，垂柳正对着清澈的湖水梳妆打扮，摆弄着那长长的秀发，河两边茂密的芦苇摇曳，顾盼生姿，连那平静的湖面也泛起了粼粼波光，像是欢迎游客的到来。沿着堤悠闲地往西走，呼吸着清新的湖风，两边景色尽收眼底。湖上许多养殖网箱整齐围列，水波荡漾犹如一幅灵动的水墨画。堤旁香樟树、玉兰树成行，草地一直延伸到湖边，白色的鹅、黄色的鸡、灰色的鸭正在悠然觅食。堤岸两头是热闹的湖鲜品尝地，近十家饭店都建在船上，一头靠着堤，一头伸向湖中。"哇，这里小车真多！"小外甥禁不住叫了起来。还没到中午时间，可专程来吃船菜的小轿车早已占满了停车位。城里人喜欢在双休日到汾湖边钓钓鱼、尝尝湖鲜放松一下心情。湖里垂钓，鱼虾鲜亮；果园摘果，金果飘香。汾湖边，融洽的风，飘扬的柳，没有职场的紧张，没有拥挤的人群，没有被污染的空气，鱼儿在水里游，鸟儿在树上歌唱。

因为我从小在汾湖边长大，妈妈又是民协会员，收集了很多民间故事。我知道很多关于汾湖的故事，常为人称道的是著名的"汾湖八景"，有"渔舟分堰"、"胥滩古渡"、"蒲滩鸳浴"等。汾湖古称分湖，是春秋战国时期的吴越分界湖。现在东西长6公里，南北长3公里，水域总面积9700亩，是闻名遐迩的观赏性湖泊。历史上许多文人墨客对它情有独钟，元代大画家吴镇、盛懋都来过汾湖，所画渔村、渔隐、渔父图传承于世，其中《渔父图》是中国隐士文化的代表作。元代著名书法家赵孟頫的画作《分湖水村图》成为国家级文物。著名民主人士和爱国诗人柳亚子先生曾留下《游分湖记》，并在《感事呈毛主席》的诗中提到"分湖便是子陵滩"的诗句。

蒹葭苍苍，白露为霜，有位佳人，在水一方。在湖堤东首，我们一眼看到取名"在水一方"的大酒店筑于水之侧，湖之畔，隔河318国道，南临著名的水上运动中心。酒店完全建在两只浮动的船上，邀朋临水，把酒临风，自有一番情趣。细细审视菜单，以汾湖野生湖鲜为主，汾湖蟹、白丝鱼、虾、蚬等不一而足。最值得一提的是河中珍品——汾湖蟹。

"秋风起，蟹脚痒，九月圆脐十月尖。"农历九月正是吃蟹的时候。保持原汁原味水乡原生态的汾湖，其幽深的灵气孕育了众多的河鲜珍品，所产的汾湖蟹，与阳澄湖的大闸蟹一样肉质鲜嫩、味美纯正，是蟹中上品。汾湖蟹，蟹壳呈青灰色，脐部饱满、雪白，蟹脚坚硬结实，最特别的是两只螯（俗称大钳）有大有小，右边那只大，左边那只小。其实吃蟹，是江蟹胜于海蟹，湖蟹又胜于江蟹。看看端上来的最爱汾湖蟹，好家伙，一只足足有半斤。小外甥最爱吃蟹黄，打开蟹壳，黄灿灿的，煞是诱人。公蟹蟹膏白如玉，母蟹蟹黄黄如金，味香肉嫩。黄酒的馨香与蟹肉的鲜香浑然一体，悠哉！美哉！一时间，坐在船上品美食、美景、美酒，遥想"落霞与孤鹜齐飞，秋水共长天一色"的湖光诗意，几忘身居何地，身归何处，城市里的浮躁全然被这儿的安静祥和洗去，一种返璞归真的感觉悄然涌起。

据《嘉善县志》和相关历史资料记载，汾湖"周二十余里，中产蟹，紫须，殊美"。汾湖螃蟹很早便深得大家的喜爱。文人墨客更是对汾湖蟹情有独钟。元代杨维桢有诗云，"两螯盛贮白琼瑶，半壳微含红玛瑙"，便是对汾湖蟹煮熟后玛瑙色外壳的赞美。更有清代文人曹竹君的《魏塘竹枝词》云："汾湖十里水茫茫，紫蟹由来甲魏塘。郎爱樽前持白八，妾怜黄大劝君尝。"

为什么看似一样的河蟹,其色泽和味道会有迥异？翻阅了很多书籍又请教了妈妈老家的养蟹人,才略通个中诀窍。同样规格的汾湖蟹与外地蟹用同样煮法做成后,从外壳看,汾湖蟹蟹壳明显呈红玛瑙色,而外地蟹蟹壳呈红黄色,有的还带有青黄色。品其蟹肉,汾湖蟹是满口鲜香,外地蟹其味次之。而汾湖蟹优于外地蟹的理由有三：其一,汾湖的土质属青紫泥土壤,青紫泥土壤中的微量元素优于沙性土壤和一般土壤;其二,汾湖是流性水域,水流湍急使河蟹运动增加,体质增强,肌肉中氨基酸含量增加;其三,汾湖属于黄浦江潮起潮落的尾端湖泊,鱼类等水生生物资源丰富,水体中生物饵料充足。有资料显示,在汾湖,放养的螃蟹面积约3000亩,还不到整个湖面积的三分之一。低密度的养殖有利于生态环境,产量不算高,但品质会更优,这已成为水产专家和养蟹人的共识。

现在,汾湖出产的汾湖蟹和银鱼渐渐成为陶庄镇著名的特色农产品,水产养殖已从传统渔业向现代渔业转变。汾湖蟹也被评为浙江省名牌产品、浙江省渔业博览会金奖产品、浙江省绿色农产品。

写到这里,又自然而然地想起了面容慈祥的爷爷。那是妈妈记忆深处永远的痛。二十年前,5月的一天,爷爷在弥留之际提出想吃螃蟹和桃子,把家乡永远留在心间。可那时反季节的水产品和果品还没有问世,家里人四处寻觅一无所得,爷爷还是带着遗憾走了。如果爷爷在天有灵的话,肯定会感叹生不逢时,也肯定会赞叹今人有幸啊！

梦之仪,本名浦雅琴,供职于嘉善县地方税务局稽查局。浙江嘉兴市作家协会会员、上海巴金研究会会员、上海黄浦区丰子恺研究会会员。

发表作品80多万字,散见《浙江日报》《文汇报》《中国税务报》《人物》《江南》《散文选刊》《浙江月刊》(台湾)《新文学史料》等报刊,作品多次收入《巴金研究集刊》《闲话》等丛书。

近年先后在台湾出版《嘉禾流光——追寻嘉兴文化名人的足迹》(随笔集)《曾经新月映诗坛——方令孺传》(学术传记)《中国古城行走笔记》(游记集)《纸上光阴——民国文人研究》(随笔集)。

温情丰子恺 梦之仪

一

重读《缘缘堂随笔集》，距初读那时，年轮已了无声息地转去了十多个年头。岁月的流逝，一如缘缘堂外的那些樱桃和芭蕉，果青了又红，叶落了又长。岁月在无数次的貌似重叠中悄然而逝，我也早就不是那个初读丰子恺随笔的青涩女孩了。

读书的过程是非常愉快的，尤其是今日重读丰子恺随笔。当我两次访过桐乡石门的缘缘堂，看过丰子恺传记和他的许多漫画作品后，这个过程就愈加显得趣味盎然。在阅读的过程中，人物的形象日渐丰满了，有时我悄悄地和他们对话，有时我默默谛听他们的心声，有时我任思绪漫天飞舞……

我就是这样，随着丰子恺的作品一路过来，读读文章，看看图画，想想他一往情深的缘缘堂。

二

在生命的流转中，童年的记忆总是特别的。流水飞度，而记忆恰似岸岩上血红的刻字，潮涨潮落中时隐时现。

大运河的水,千百年来滋润了一代又一代人的童年。大运河深知,那在石门的一个一百二十度大弯,是要制造一些起伏的,古树老屋只是一些必要的陪衬罢了。

老屋名惇德堂,就在大运河的拐弯处,是丰子恺祖父开设的丰同裕染坊店的一部分。老屋陪伴丰子恺度过了他的幸福童年,他多次描写过这样的快乐生活:祖母在家里大规模地养蚕,三开间的厅上、地上的落地铺里统统是蚕,架起经纬的跳板来通行和饲叶,他就以跳跳板为乐,常失足跌到落地铺里;天井角落的缸里,经常养着蟹,待到中秋的时候,移桌子到外面的场地上,抬头看月低头吃蟹;隔壁豆腐店的王囡囡捉了许多米虫,有时扑杀花蝇,教他用米虫或花蝇钓鱼。这样的故事真是太多太多,大运河的涛声里,无数次洗刷过的记忆越来越纯。

童年如花转影般地消逝了,大运河迎来了又一代人的童年:阿宝、瞻瞻、软软……陪伴他们的是红了的樱桃,绿了的芭蕉,晶亮的葡萄,悠悠的秋千架。一样的天空,一样幸福的童年。

这时候,老屋之旁,已多了缘缘堂。缘缘堂就建在丰家的这块祖基上、大运河边。

丰子恺曾经说:"倘秦始皇要拿阿房宫来同我交替,石季伦愿把金谷园来和我对调,我决不同意。"那么石门的缘缘堂究竟是怎样一处"华屋"呢?

缘缘堂建成于 1933 年,坐北朝南,整个建筑形式朴素,高大轩敞。缘缘堂正面向有三厅,中央厅铺大方砖,正中挂着马一浮书写的匾额"缘缘堂"三个大字,中堂是一幅吴昌硕的红梅图，两旁是两副对联，分别是弘一法师书写的华严经集联"欲为诸法本，心如工画师"和丰子恺自己书写的杜甫诗"暂止飞鸟才数子，频来语燕定新巢"。东西两壁则挂着弘一法师书定的《大智度论·十喻赞》。这是当年缘缘堂的陈设，现今内容一切如旧，只是换了书画家的名字。听工作人员小姚说，中堂的红梅图已是第三幅了，现在两壁挂的《大智度论·十喻赞》，是十多年前由当时仅二十余岁的一心法师所书。

西厅是丰子恺的书斋，四壁陈列图书数千卷，常挂弘一法师写的长联。东厅为餐厅、起居室，内连走廊、厨房和平屋。三厅前后都被隔成前后间。楼上有多间卧室。

缘缘堂前的天井里，中间是一只花坛，当年丰子恺在那里亲手植了樱桃树，西边角落有几株芭蕉，"红了樱桃，绿了芭蕉"，这在缘缘堂成了鲜美的对比。西南两面高高的围墙上，爬满了爬山虎。东面门楣"欣及旧栖"横额下的两扇木门，缘缘堂重建时用的是从战争炮火中抢救出来的焦门。焦门见证了缘缘堂悲愤的历史。

缘缘堂与北面的平屋之间又有一天井，葡萄架下是秋千架。夏天，茂盛的葡萄架下，传来孩子们的欢声笑语。秋天，芭蕉的叶子高出围墙，是粉墙上一幅绿色的画。丰子恺在缘缘堂的那五年，专心译作，累了的时候，葡萄飘下叶片儿问候他；渴了的时候，门外水蜜桃西瓜的叫卖声已在近前。缘缘堂的那些日子，真让丰子恺陶然而忘倦，如此的天时地利，为他带来了丰厚的收获，他完成各类作品二十余种。

"缘缘堂"名字的由来是当年在上海江湾时，弘一法师让丰子恺抓阄，两次都抓到"缘"，"缘缘堂"就此定名。这是缘缘堂的灵,直到在石门正式建屋才赋予了形。

从老屋到华屋,丰家生活并不很富有,但安宁和快乐时时让主人们心满意足着。这是一个很普通的中国人家,但又何其地不普通,漫画和文章不断地从缘缘堂来到这个世间,向世人展示了缘缘堂极不寻常的一面。

三

一个拥有幸福童年的人是幸福的,他的性格也因此宽厚,心灵也因此充满了温情,而丰子恺,便连他的画里也渗透了这样的情怀,是画的灵魂所在。

丰子恺自小酷爱画画,私塾老师让他画孔子像,每天早晨和放学,他和同学对着孔子像恭敬地一拜。在浙江省立第一师范学校,他随李叔同(弘一法师)学图画和音乐,随夏丏尊学文章,曾赴日本学习艺术。在白马湖春晖中学的小杨柳屋,他的漫画出世了,一个艺术上的奇迹以不张不扬的姿态来到世人面前。那时候,小杨柳屋的墙上,用图钉别着他刚刚完成的作品。小屋一间,图画满室,艺术的芳香经久不散,让每一个走进这间小屋的人流连忘返。1924年,在朱自清、俞平伯主办的刊物《我们的七月》上,《人散后,一钩新月天如水》发表。画面上,一道卷帘,一只小桌,桌上一只茶壶几个杯子,人已尽散,唯见一弯新月,意境幽远,给人无尽的遐想。这是他公开发表的第一幅漫画作品,得到上海《文学周刊》主编郑振铎高度赞赏,感觉被带到了一个诗的意境。次年,《文学周刊》陆续发表其画,郑振铎冠以"子恺漫画"之名,丰子恺成了中国抒情漫画的创始人。

丰子恺最早的漫画题材取自古诗,古诗融入笔法疏朗的绘画意境中,一如行云流水般地舒畅。《无言独上西楼,月如钩》一画,看似无语,却多情;《过尽千帆皆不是,斜辉脉脉水悠悠》,画不尽女子的相思;《幸有我来山未孤》,人山皆有情。我们读古诗,常常会被诗中的意境所感染,但也只是这样地被感染着、想象着,丰子恺却用他的画笔,以极其简练的笔墨把诗意描绘下来,讲求气韵的有机融合,让人不由自主地沉醉了进去。你看《今夜故人来不来,教人立尽梧桐影》,夜色下的盼望越来越长,月色下的影子越来越短,连两只小兔子也等得心急呵。丰子恺生命中的那份至情至性渗透到漫画中,一任情感无限地抒怀,真可谓前无古人,至今无来者。

他的儿童漫画最受小朋友的欢迎了。《阿宝两只脚,凳子四只脚》,画的是女儿阿宝脱了自己的鞋再拿了妹妹的鞋给凳子穿;《爸爸回来了》,儿子瞻瞻穿上爸爸的长外衣,手拿爸爸的公文包和拐杖,还戴了爸爸的宽檐帽,就自说自话地认为这是爸爸回家了。这一个个的小景,从父亲的眼里看出来,天真烂漫童趣盎然,从艺术家的眼光把握,便化作图画恒久留传了。

几年前我带着儿子初次到石门缘缘堂时,我们看着这一幅幅的古诗题材和儿童题材的漫画,各自爱不释手,便带回了各式各样的漫画、明信片、火花、藏书票、贺年卡等,每当我查找资料看到这些的时候,那翻动的手便缓了下来,总得重新欣赏一次。一份由心而来的喜悦阵阵袭来,我感受着灵魂在漫画中弥漫着的那份温情。

四

我初读丰子恺随笔距看到他的漫画，相差的时间甚远，印象也不太深，所以未曾把两者联系起来，这次重读《缘缘堂随笔集》，才知道他的好多漫画都是有"模特儿"的，如前面说到的阿宝、瞻瞻。某一天，瞻瞻灵光一动，创造性地用两把芭蕉扇做成一辆脚踏车骑，于是便有了《瞻瞻底车(二)脚踏车》。当成名后的丰华瞻作为著名教授到外国的大学演讲时，礼堂上就悬挂着这张画。

在乡下，看到三娘娘纺线，于是有了《三娘娘》的纺线图。在上海的老房子里，有时从过街楼上挂下一只篮子买两只粽子，便有了《买粽子》。一次丰子恺在一只船上，从窗外看去，有人坐在野外理发，窗户成了画框，他把画面略加调整，便是一幅《野外理发处》漫画。

丰子恺从画古诗开始，画儿童、画社会众生相、画自然等，画了很多很多。1925年底，他的《子恺漫画》由开明书店出版，次年出版《子恺画集》，此后一发不可收拾，文学、绘画、音乐、翻译等各个方面均有大量作品问世，迎来了丰子恺一生事业的全盛期。

丰子恺的画，正如俞平伯所说的，"一片片的落英都含蓄着人间情味"，情溢于衷而发为文墨，投入了他太多的感情，所以特别容易引起共鸣。他的《挑荠菜》《断线鹞》，曾经引起当时在北京的朱自清对江南、对儿时的无尽的怀念。另一幅《几人相忆在江楼》，他的老师夏丏尊常把这画挂在墙上，当老师怀念学生时，便抬头看看这画，并为学生默祷平安。

这样感人的故事,读来不觉怦然心动。还有谁,还有谁能让人如此忘我而心醉?

<h1 style="text-align:center">五</h1>

无常,是丰子恺经常提到的一个词。

世间很无常,世间的一切都很无常:人、自然,大地上的一切。因为无常,于是叹息。

那个小时的玩伴王囡囡,在丰子恺后来回乡时,改口原来的"慈弟"而叫他"子恺先生",让人唏嘘不已,一时仿佛看到了闰土。

红了的樱桃,绿了的芭蕉,一样向人暗示了无常。葡萄叶儿一片片地飘落,日历无常地翻过一日又一日。1938年,丰子恺被战火所逼流亡于中国内地,缘缘堂毁于日军炮火。无常岁月中,缘缘堂一度让人痛心地消失了。无比愤慨中,丰子恺写下了《还我缘缘堂》和《告缘缘堂在天之灵》。

抗战胜利后,当经历了战火洗礼的丰子恺重回石门湾时,他差不多认不出他的出生地,荒草、废墟,故土默默无语。他已看不到缘缘堂的影子,看不到红了的樱桃和绿了的芭蕉的美景。儿子华瞻从地里找到一块焦木,带回北平留作纪念,唯此而已。

1975年,远方的游子又一次回到故乡的土地。那是一个春天,树叶儿点头,油菜花欢歌,石门的乡亲热烈地欢迎老画家重回故里。丰子恺被感染了,他深情地回报给予他热情的乡亲,为他们留下了珍贵的墨宝。

丰子恺回去后,他的健康每况愈下,岁月又一次显示了无常，也就在这一年，他匆匆作别了这个无常的世界。当他的夫人过世后，子女将丰子恺的衣冠和夫人合葬于石门的乡下南圣浜。南圣浜是他妹妹长年生活的地方，也是战前战后，丰子恺离开石门和回到石门的第一站。那一个地方，小河横流，树木常绿，清风徐拂，油菜花飘香，一派迷人的田野风光。自由飞翔的灵魂，我知道一定很愿意来这里。自然，也因为大画家的缘故，我看到，这儿的天更蓝水更清了。

红了容颜，本名周夏月，80后，浙江平湖人。

2008年开始在红袖添香网创作第一本长篇小说，五年时间累计创作了八部已完结的长篇都市言情类小说，第九部小说正在连载中。作品字数超过700万，点击近4亿。作品主要有《帝集团》和《豪门游戏》系列。在2009年至2012年间，均被评为网站十大人气天后、十大风云作者，作品也多次被评为网站十大订阅红文、十大现代小说。2010年6月《豪门游戏Ⅱ》获得女性中文排行榜最佳月度小说第二名。2011年度，在"优秀网络文学评选"活动中获得年度网络订阅小说奖。

有多少爱可以重来 红了容颜

　　都说女孩子讲话讲得早,可她在两周岁多的时候,还是不会叫出声,那时,人们都猜想她会不会是哑巴。两岁半的时候,有一次半夜,发高烧,父亲抱着她直往医院跑,她在昏昏沉沉中睁开眼,清晰地叫了一声"爸爸"。

　　后来父亲总时不时提起这事,饱经沧桑的脸上,有着慈祥与骄傲,混浊的眼睛眯成一条缝,里面却满满是幸福。她不喜欢父亲提些陈年旧事,一遍又一遍,听多了显得烦。父亲是个老实人,木讷,话少,哪怕与母亲争执,他也总是耷拉着头,不说一句话。母亲嫌他没有男子气概,是个窝囊废,终于在一次大吵之后,离家出走。

　　那一年,她13岁,刚上初中。这个年龄,正是爱美的年纪,也是叛逆的时期。她的性子也与母亲一般刚烈暴躁,在她看来,母亲的离家出走,也是因为父亲的原因,谁叫他那么窝囊!她恨自己出生在这样的一个家庭。她选择了逃避不回家,不想看到家徒四壁的破屋,不想看到父亲的沉默寡言,不想看到一个破碎了的家庭,更不想这样的家庭、这样的父亲被同学们耻笑。各种压力,各种心结,让她在期末考试中,成绩一落千丈。班主任点名要让家长来一趟,可一想到父亲那畏畏缩缩的模样,她咽了口水,说了大逆不道的话:我爸死了。

已记不清当时的自己是怎样的心情,可明明还有母亲的,却偏偏说了父亲,或许,母亲的离家出走,要说她表面恨的是父亲,但潜意识里,母亲的这个举动,已给她造成了无形的心理伤害,而这个伤害,她把所有的过错,都推给了那个老实巴交的男人。三年时间,她没有和这个男人说过一句像样的话。

高中,考取了外县的一所学校。她没有多开心,相反,向来话少的父亲,却成天乐呵呵的,逢人便说他女儿有多了不起,有多聪明。去报到的前一天晚上,她早早吃了饭收拾行李,自从母亲离开,三年时间,她没有买一件新衣服。正是长个子的年纪,所有的旧衣裳穿在她身上,都像是借来的。父亲敲了敲门进来,手里拿着一个黑袋子,看着日益长高的女儿,眼里又露出那种欣慰与满足感。

“这是我托人买的裙子,你穿上看看。”父亲从黑袋子里掏出一条桃红色的裙子,小心翼翼地放在她身边的凳子上,又轻轻地用他粗糙黝黑的双手揉平,揉到一半,像是想起了什么,忙缩回手去,放在自己身上擦了擦,站在那里笑着望着她。

她没有转身,只是用眼瞥了一下,也没有停下手里正在收拾衣服的动作,声音紧绷着:“现在谁还穿这种颜色的裙子,一看就是乡下妹。”

父亲的笑容变得有些尴尬,双手又在身上抹了几下,有些手足无措,声音中也微微能听到一些颤抖:“我以为……小女孩都……喜欢……"

父亲的话还没说完，就被她抢白了去："我又不是 3 岁小孩！你懂什么！当初你要是没把妈妈气走，这些她都会替我准备得妥妥当当的，都是因为你……"一想到这几年的委屈，一想到这几年没有的母爱，她就忍不住轻声哭了起来。

父亲又沉默了下去，站在那里低垂着头，双手绞在一起。好半晌，他又哆嗦着手从口袋里掏出一个塑料袋包裹着的东西，用手捏了捏，轻轻放在裙子边上，退出房内。

她哭了良久，才总算止住，转头望向凳子上。那小小的红色塑料袋，早已残破不堪，上面的皱褶如同父亲的手，一条一条，深深的，全是岁月磨砺的痕迹。她伸手拿过，里面是一卷用牛皮筋绑起来的陈旧的百元大钞。钞面似乎都已染上了塑料袋的红色，变得有些刺目的殷红。裹在里面的几张五十元，都已松松软软有些破烂。她紧紧将钱抓在手心，似乎还能看到父亲每天打开数着钱，一脸笑呵呵的神情，混浊的眼睛眯成一条缝，眼边的皱纹像是拿刀镌刻上去一般。她知道，这是父亲的血汗钱。和这钱一样红得耀眼的裙子，很简单的样式，娃娃领，中间是橡皮筋的收腰款式。她双手捧起，将脸埋在里面，深吸一口气，裙子上那些浓重的机器味道，便随着呼吸进入肺里，而呼出的时候，却变成了父亲身上那股酸酸臭臭的汗味。她将裙子小心叠好，放在了行李袋最下面。

第二天，她起了大早，想趁着父亲还没起来就离开，却谁知，父亲早已起床，替她做好了早餐。白米饭，自家种的小茄子和黄瓜嵌肉，都是她爱吃的菜。虽然不多，可知道那是父亲凌晨就开始为她准备的。她吃着饭，喉咙口有些哽咽，怎么也咽不下去。草草扒了几口饭,她就带着行李走了。父亲想要送她,她说什么都不让。像是怄气,像是惩罚,她快步走在前面。从家到车站,有好长一段距离。天才蒙蒙亮,下过阵雨的路崎岖不平。她尽量不让自己往回看,她知道,在她身后不远处,有个身影,一直跟随着她。终于到了车站,第一班车子还没过来,她等在里面,偏头看,车站外面,那个男人穿着破旧的汗衫,头上戴着凉帽,脚上穿着高筒的雨靴,一副焦急的样子望着她这儿。直到她上了车,直到车子开走,他也始终站在那里,翘首望着她。她看不清他脸上的表情,只感觉他没有以前高大了,背也微微有些驼了,也比以前更瘦弱了。曾几何时,他已变成了一个小老头了。

高中的生活总是很忙乱,每每看到同寝室的室友给家里打电话,她也时常会想起他,想起那一天,他站在车站外面,翘首望着她的样子,但始终,她没给他打过一个电话,哪怕是报一个平安。

天气渐凉,学校的梧桐树已开始掉叶子,一茬茬的,让整个校园充满了萧索荒凉的味道。那天,她正在学校图书室,同学告诉她有人找。她想不出会是谁,忙匆匆跑至校门口。却原来是父亲。

几个月没见,他越发老了,以前乌黑的头发,不知何时已掺满银丝,本就瘦小的脸,此时更黑更瘦了。这么冷的天,他只穿了一件衬衣。她知道,这衬衣,是妈妈还在家时,有一年他生日,妈妈给他买的。白色的衬衣,因为年份久远,早已放得有些发黄,穿在他身上,也不像之前那么合身,有些肥大,更显得身子羸弱。裤子虽没有补丁,但也旧得差不多了。脚上的鞋子,更是沾满了泥污,鞋子边上还裂开了缝。

不知道为什么,看到父亲突然出现在眼前,她没有惊喜,反而生气。没事他跑来这里做什么!

父亲看到她立马又一副乐呵呵的样子,双手在那里搓着,冻得鼻子有些发红,嘴唇有些发紫,但那双混浊的眼睛里,却是见到她后的满满幸福。

她忙将他拉到一边,没好气地问:"你来这里做什么!"

父亲忙拿过放在一边大大的黑袋子:"天气凉了,我怕你冷,没被子盖。你也不打个电话回来,也不知道你怎样了……"他边说边将袋子递给她。

从漏开的缝隙中,她看到了白白的棉被,心里瞬间被刺痛了。

"还有,这是家里自己种的蔬菜水果,我还给你做了几个菜,你看这才几个月,你就瘦了……"父亲又颤抖着手拿过脚边的布袋,递给她。

学校门口人来人往,她生怕被同学看到,慌忙接过,推着他:"知道了知道了,你快回去吧。"

"还有……"父亲还不肯走,那双粗糙的手按了按胸口口袋,从里面掏出一个红塑料袋包裹的东西。她知道里面是什么。

父亲哆嗦着将手中的东西塞给她。她退开了一步,不想接:"我不要,你自己留着吧。"

"拿着,你在外面,需要。"他二话没说,便塞在她口袋中,转身要走的时候,又回过头,"闺女啊,想吃什么就买,有喜欢的衣服也去买两件,没钱了跟爸说……我走了,你快进去吧,外面冷。"他挥了挥手,转身时,再次停住,又望向她,似乎有些欲言又止,最后只说了句,"快进去吧"。

她没说话,只是站在那里,望着他的背影,亦步亦趋,朝着人潮中走去。她只是紧紧握住口袋中,他给的那一包红色塑料袋,上面还留着他的体温,暖暖的,一直暖到了心口,驱散了这深秋的寒冷。

放寒假,她没有回去,一来一回,车费很贵,在乡下也不能打工。她给父亲打了个电话。家里没装电话,需要走十来分钟去村里接听,让她诧异的是,她打了没一会儿,父亲便来接听了。后来村里的人告诉她,快过年了,以前父亲是每到周末去村里守在电话旁,现在是差不多天天守在电话旁,就为了等她的电话。除夕,她还是没有回去,因为那天打工能赚比平时多三倍的工资。她想拿了钱,给父亲买件新棉袄,还有新鞋子。

除夕那天,下起了鹅毛大雪,她打工到半夜才回。学校看门的老伯叫住她,说有人带了东西给她。她看到那黑色的布袋,就知道是父亲来过了。看门老伯说父亲在门口等了她好几个小时,后来实在等不到了,才回去了。她有些着急,这么大的雪,这么黑的天,回去的车子早已没有了,父亲会去哪?她找遍了车站,附近的旅馆,都没有找到,又打电话回去,这时候的村里,早已没有了人。

一夜心惶,到了第二天,她早早回去。才到村头,就碰到了要出来找她的叔叔。叔叔告诉她,父亲做好年夜饭后一路赶着想送给她,大年三十,早已没有了车子,父亲冒着大雪一路走到了她的学校,又在校门口等了三个小时,没有见到她只得回来。回来的时候,路上积雪严重,他滑了一跤,不小心掉落了河里……

她几度晕厥,这是上天在惩罚她吗?爸爸,你怎么可以!我都还没有好好叫你一声爸爸,我都还没有给你买新棉袄新鞋子,我都还没有好好陪你过一个年……

如今的她,已长大成人,有了自己的家室,也有孩子。每一次过年,她都要回家,到父亲的坟头,哪怕不说话,只是沉默着,也要烧几样菜,陪着父亲坐一会儿。

那条桃红色的裙子,颜色早已褪去,失了原本的鲜艳,变得朴素淡然。她却一直珍藏着,挂在衣橱内。有一次,女儿问她,这裙子都这么旧了,为何不扔了。

她怎么舍得扔,这是父亲的一片心,爱她的心啊!

有多少爱,可以重来?

如果时光能倒回,她愿意对着父亲说,爸爸,我从来都没有讨厌过你,从来都没有恨过你,从来都没有看不起你,你是世上最好最棒的父亲,如果有来世,我还愿意做你的女儿,一定好好爱你,好好孝顺你。

　　陈曦，浙江嘉兴人，浙江省作家协会会员，在《嘉兴日报》工作。2009 年，作品《待到花开如满月》获得第四届"全国青少年冰心文学大赛"大学组银奖；2010 年，作品《上下五千年，看叶不看花》获得第五届"全国青少年冰心文学大赛"大学组金奖；2011 年，作品《蜡烛人》获得第六届"全国青少年冰心文学大赛"大学组金奖。作品《家园》获得第七届全国"中华情"杯大学组银奖。

待到花开如满月 陈曦

　　夏天,白天总是显得那么长,吃过晚饭,天却依然亮着。西边悬挂着的日头久久不愿意离开,它狂躁的神色让赋闲的人们也跟着焦灼起来。弄堂里地面上的水泼了一遍又一遍,但是发了疯的热气却依然四处游走。盛夏的天气并不是那么容易打发,在那个空调还没有普及的年代,人们吃过了饭,唯一能够想到的事情就是搬把竹椅出来纳凉。于是老家的弄堂口总是围聚着很多人,很多左手捧着西瓜、右手摇着蒲扇的街坊每到这个时候就像磁铁一样被吸引了来,男男女女,老老少少,围成了一个圈子。头顶的路灯下面许多蛾子在扑腾翅膀,蛾子下面有许多的蚊子嗡嗡地叫着,还有许多正在用蒲扇帮孩子驱赶蚊子的奶奶们。这就好像是热带雨林里分布的植被,一层一层显得那么分明。这样的情景在每一个弄堂口都是惊人的相似,就如同是谁预先排演好的一样,男的大多打着赤膊,女的则都穿着同一款式的宽松的睡裙或衫子,每天傍晚老老实实地坐了下来。我的奶奶和我也便是这独幕剧最普通的表演者,每天准时拖着吱吱嘎嘎的老竹椅,坐到了弄堂口。我喜欢这样的聚会,并不全是因为夏天炎热的天气使我感到烦躁和无趣,也不全因为总有大人喜欢往我的兜里塞进糖果和瓜子,更重要的是,我喜欢听大人们讲故事,零零碎碎、长长短短的故事。故事里有很多的情节,很多的感慨,后来都纷纷成为我做梦的材料。

我记得有一天,有一家的女人带来了新鲜的莲蓬,说是她儿子刚从外地带回来的,让大家尝尝鲜。要知道,那是我第一次看到莲蓬,这在城市里可是个稀罕的东西。她把莲蓬递在我手上的时候,我并不知道那是什么。于是一个赤膊的叔叔问我说:"你看它像什么?""像洗澡的莲蓬头。"于是我知道了,莲蓬头的由来。我把莲蓬拿在手上玩了许久,奶奶帮我剥开了它,我又气又急,为什么要剥开呢?我还要用它洗澡呢!大人们都笑了,奶奶把莲子塞进我嘴里,我才知道原来它是用来吃的。那一晚的话题便是从莲子开始的。

新鲜的莲子甜甜的,唯有中心的地方带一点苦味,但是回味却又有另一番甘甜。奶奶问我,莲子可好吃。我一会儿说是苦的,一会儿又说很甜,逗得大人们哈哈直乐。在中药房里工作的李伯伯对我说:"这点儿苦算什么,莲子可是治病的良药呢。你别看莲心是苦的,但是它却能够安心养神。而且不单莲子是药,这荷花全身都是宝,连荷叶也是能够当作药材来用的。"这倒很让我感到惊奇,我以往只从奶奶那里吃过糯米糖藕、荷叶包的粉蒸肉和红枣莲子汤,却从来不知道它们还可以做药吃。

住在亭子间的王"博士"接下来发表了它对于莲子的意见。我小时候一直不很喜欢他,不是因为他是一个潦倒却喜欢掉书袋的人,而是因为他年纪轻轻总不爱正经找份工作来做，整天游手好闲的，见了我们小孩子，还总喜欢教训人。他行事很不顺利，所以心情也总是不大好，整天觉得自己怀才不遇，一到月底就为了房租的事情发愁。他大抵也不很喜欢我们，有一次，我在和别人比背成语，好不容易背赢了其他人。他听见了，就皱了皱眉头说："小时了了，大未必佳。"我当时并不懂他说什么，但从他的表情看，知道不是什么好话。就是这样的一个人，里弄里都半开玩笑地叫他"博士"。那天，"博士"讲的故事却让我一直铭记至今。他说："明末清初有个大才子叫作金圣叹。他才华横溢，曾经腰斩《水浒》，妙评《西厢》。后来他因为得罪了皇帝被处以极刑，临刑之时，他留下了一副双关好联：'莲子心中苦，梨儿腹内酸。''莲'字通一'怜'字，'梨'字尤言'离别'。每每读来，令人唏嘘不已。"当时他刚一说完，便做出一副扼腕叹息的样子，让人感到有点儿矫情。但是后来我自己每次暗自想起金圣叹的这副对联，也会觉得有一点伤心。说不清楚是因为什么，也许是因为想到自己后来离开家乡出去求学，也许是想到了金圣叹的不幸，也许是因为我突然想起了那个被人叫作"博士"的人，他从来没有提到过他的父母，他现在也已经不再年轻，老家的房子早已经拆迁，我也不知道他现在是否安定了下来。他既然知道"梨儿腹内酸"的故事，那他也理应有一天可以悟到些什么。他是读过些书的人，他应该从书里面学到更多让他安心活在当下的方法。

"博士"讲完故事后，很多家的女人都争着打断了他，弄堂里的女人们都不喜欢他这副酸溜溜的样子。张家的姆妈就用她高八度的笑声将"博士"嘲讽了一番，她说"博士"若是涂上些胭脂,画上些油彩倒是像极戏文里的大才子。"博士"透过他厚厚的镜片白了她一眼,小声咕哝着:"一个妇道人家,到底是不懂得。"张家姆妈也不理会他,只是一边用她那涂了蔻丹的手抓些瓜子来嗑,一边开始讲起她的故事来。她没有受过什么教育,十六七岁就嫁给了张家。于是人们渐渐都把她原本的姓氏给忘记了,只知道她从20岁养了一个小囡以后就一直被叫作张家姆妈。她知道的东西有限,所以她无论讲到什么话题都会用上同一套套词,久而久之,那些套词就成为放之四海皆准的道理。那一晚她说起荷花的来由,也不知道她是胡诌的呢,还是真有其事,反正她又讲起了和她以前讲的故事非常类似的那种关于仙人的故事。她说,很久很久以前,有一个打鱼的老人捡到了一个女孩,将她抚养长大。那个女孩竟是偷偷来到凡间的荷花仙子。有一日王母娘娘要带走荷花仙子,仙子便在河边哭泣,她哭过的地方长出了许许多多的荷花。她把这片荷塘留给了抚养她的老人,老人后来在摘藕时,看到藕断了,丝依然连着,便知道荷花仙子其实并没有忘记她在凡间的那一段时光。

她刚说完,里弄里的一个居士就马上表示反对。他说藕的由来并不是像张家姆妈讲的那样,而是与古时候的一对和尚尼姑有关。居士年纪也并不很大,但从我记事起,他就是吃斋念佛,而且没有妻室。有人说他是因为年轻时爱上了一个姑娘,后来那个姑娘离开了他并且拿走了他的钱财,他受了些打击才信了佛。也有人说,他父母从前就与法师们过从很密。但这都是很久以前的事情了,谁也说不清楚,于是他就成为了弄堂里的一个谜。他喜欢把什么事情都归因到佛家的故事里，所以那一次，他又说了一个与佛子有关的故事："传说从前有座山，山上有个庙……"他刚说到这里，小孩子就开始起哄了，搭腔说道："庙里有个老和尚！"但是居士笑眯眯地看着我们："这回可不是这样。庙里有个年轻的和尚与庵里的一个尼姑相爱了。这可是违反清规戒律的，所以他们只能偷偷地在晚上相会。有一天晚上他们相会的时候被一个叫花子看见了。晚上太黑，尼姑心里又很紧张，便以为那个叫花子是庵里的住持。她吓慌了，一慌之下竟跳湖自尽了。和尚见尼姑跳到湖里去了，他也不知那湖水的深浅，一心只想救起尼姑，结果也被淹死了。那个叫花子觉得是自己的责任，便跳下去救人。但因为不习水性，也被淹死了。后来河神将那尼姑变作了荷花，又将那和尚变作荷叶，把他们的骨头变作藕，藕中有孔，节节相连，斩开了藕，藕丝依然不断，象征他们爱情的坚贞。但是为了惩罚他们违犯了戒律，又叫他们世世长在污泥里。那个叫花子觉得自己死得很冤，于是河神就把他变作了一条水蛇，让他每一年的三月初三可以到人间来看一看。所以传说每年的三月初三，荷花就开始开了，水蛇也急着出洞了。"他的故事听得我们毛骨悚然，以后我再看见藕的时候总觉得是和尚尼姑的骨头，也不敢再去吃蛇，总觉得它是那个叫花子变成的，看着叫人浑身发怵。

那天晚上，还有许多人讲了荷花的故事，等到讲完的时候，天已经凉了下去，夜里出来的虫子们也扯开了嗓门在暗处唱起歌来。抬头看去，电线把整个夜空划分得整整齐齐，星星就好像是谁精心镶在幕布上的一颗颗水晶。四周的人声渐渐消退了，弄堂口的人也就一个一个拖着自家的竹椅回到了各自的家里。从他们离开的那一刻起,就不再会有人提起刚才的故事,就好像是什么都不曾发生过一样。只剩下,宁静的夏夜。

很多年以后,那里的建筑都被连根拔起,一条又一条的弄堂渐渐地消失在了都市之中。再不会有人想到要去缅怀那个边吃莲蓬边讲故事的日子,即使它教会我们最多。直到有一天,我在异乡看见了风姿绰约的荷花,才想起了那个晚上,也想起旧时的诗歌:"待到花开如满月,览胜谁记种莲人。"

　　高莉，浙江平湖人，做过白衣天使，看过抓捕犯人，沉迷于传统文化，目前从事民生工作。在《人民公安报》《法制日报》《华东日报》《平安时报》《浙江法制报》《都市快报》《嘉兴日报》等媒体发表过通讯和小小说。近年来，喜欢撰写诗歌和散文，在自娱自乐中感受生活，释放心情。

小兵嘎子　高莉

那个时候,我是平湖一家卫生院的小护士,而小兵嘎子是我的同事和同行,是我们卫生院的一位男护士。小兵嘎子虽然身材瘦小,却长得眉清目秀。据考证,那个时候,他是全市唯一的一位男护士。同事们经常拿这来开他玩笑,他却不以为然,并以此为荣,说自己是一位军人男护士,而且经常有事没事哼着:"我是一个兵,来自老百姓……"久而久之,我们都唤他为小兵嘎子。小兵嘎子与我们年龄相仿,初中刚毕业就当了兵,在一次执行任务中伤了胃,胃因此被切掉了三分之二。他被分进卫生院是因为他觉得离家近,村民们来看病总要方便得多。我们都说他傻,随便扯个理由都可以进邮电局、信用社,哪个不比当小护士要强?小兵嘎子脾气很好,碰到病人行动不方便、想解手家属又不在旁边时,他都会主动上前帮忙,嘴里伯伯、婆婆地喊个殷勤。老人们都说,这个伢儿真不错。反正他喜欢助人为乐,所以我们有什么需要帮忙的,喊小兵嘎子准没错,比如水龙头坏了锁坏了之类的,背地里我们却都笑他迂。那个时候我们都住集体宿舍,刚从学校毕业的我们无忧无虑地挥洒着青春岁月,常常彼此开着各种玩笑,嬉笑着度过繁忙的每一天,而小兵嘎子常常是我们捉弄的对象。直至后来,他的"迂"潜移默化地感化了我们,在他身上我们学到了很多我们所缺乏的东西。

一个下雨天,我、阿虹,还有小兵嘎子在一起闲聊。虹瞧着外面的大雨,故做愁眉苦脸状:"冬天了,唉!真不想回家去,那个破房回去还得淘水。"小兵嘎子一脸不解:"淘什么水?"阿虹的俏脸陡然一寒:"我家房子是爷爷手里造的,旧了当然得漏水。"阿虹家里我去过,她家的三层楼造得颇为气派。我在旁边一听就乐了:好戏开始了。小兵嘎子的脸上却写满担忧:"这么漏,可是危房呀!"那时候的农村,铺天盖地的都是小洋楼,有二层楼的,有三层楼的。阿虹大概也觉得所编的故事太离奇,便使了个眼色向我求援。于是,我抓抓头皮,接下了话题:"嗯,前不久我去过的,老房子的顶裂了缝,北风一吹,桌子上、床上都覆盖满了黑乎乎的灰尘,更不用说西北风了。下雨天更糟糕,凡是能用来接水的家什都派上了用场,如果是大雨,进出就得穿雨鞋……"小兵嘎子听后闷声不响,浓浓的眉头拧了起来。不久后的一个中午,小兵嘎子过来串门,在我对面的板凳上坐了下来,面色凝重。片刻后,他开口了:"造一个房子需要很多钱吧!""那当然!"我瞟了他一眼,不明所以。"我积蓄不多,借千把块的钱出去,人家会不会嫌少?"小兵嘎子继续问。知道他是老好人,就揶揄他:"不会,这可是雪中送炭呢!"小兵嘎子很快就出去了。没过几分钟,就传来阿虹忍俊不禁的大笑声。我忙扔下手中的毛衣过去凑热闹。看到小兵嘎子一本正经站立在阿虹的书桌旁,书桌的边上放了一叠百元大钞。我才恍然大悟:原来小兵嘎子是支援阿虹家修补房子!90年代中后期大家的收入都不高，像我和阿虹这样的合同工每月只有200多元的工资，小兵嘎子是基本工，最多每月八九百元的工资，他的家庭条件并不好，每月挤出一半工资交给父母养家糊口，2000元的人民币，于他而言，不是个小数字，恐怕是他工作一年多所有的积蓄了！虽然阿虹没有收下小兵嘎子的钱，并红着脸向他解释了这是个玩笑。好在小兵嘎子并不介意，只是摆了摆手。但好长一段时间里，我和阿虹心里都不是滋味，见了他直想躲，就像做了亏心事一样。

　　那年的冬天，因为一件小事我的心情一直不大好，这样的心情一直持续到该年的小年夜。那一年的小年夜，天下起了雪，我和老杨医生值夜班。也许是要过年了，病人并不多，在这个冷冷清清的夜晚，我和老杨医生守着值班室里的电视机感受着春节来临前的气氛。小兵嘎子在家吃完年夜饭后，便冒着风雪赶了回来。也许是电视中有很多都是关于军人的节目，小兵嘎子看得很投入。老杨医生看着电视顺口问小兵嘎子："你在部队时过年回家吗？""哪能说回家就回家？部队是支铁队伍，有着严格的规章制度，我当兵三年，春节都是在部队过的……"小兵嘎子感慨不已。

　　看到小兵嘎子激动的样子，我一心泼他冷水。盯着电视屏幕我不眨眼地编着谎话："没这么严格吧，昨天我从市区回来的车上就看见一个大兵背着旅行包，一副风尘仆仆的样子。""可能是军校的学生放假吧！"心地善良的老杨医生帮他解围。"不可能，他穿的是大兵的衣服，而且他说是第一年。"我是存心和他过不去，世上有绝对的事吗？"第一年就回家过年？不可能，这个兵是什么模样的？"小兵嘎子的认真劲上来了。

"大盖帽遮着,看不清他的脸,但皮肤蛮黑的,而且说着普通话。"想象着大兵的大致概念,我不眨眼地编着瞎话。"哦,是不是比我高?"小兵嘎子用手比画着一个高度,"当然"。我点头。小兵嘎子当年体检时,身高勉强过关,这我知道。当时,我只不过是想向小兵嘎子证明大道理只是用来说说而已。可是,小兵嘎子却固执地认为"那个兵"一定是他的一个战友,一个考上军校第一年的战友。"他和我一样喜欢穿大兵的衣服,他是放假了才回家的。"再后来,我和老杨医生看到他在漫漫的大雪中向外面走去。

第二天早上,我从护士值班室里出来,雪停了,外面成了一个银装素裹的世界。而在这一天,小兵嘎子感冒了,原因是:在大雪纷飞、寒风凛冽的小年夜,他一脚高一脚低地闯到离小镇六里之远的战友家,可惜他的战友没回来,然后又一脚高一脚低地赶到另外一个考入军校的战友家,可惜他的战友也没有回来。第二天,我在给他挂点滴时,他说:"那个新兵肯定有特殊的原因才回家过年的。"那个春节,小兵嘎子挂了一个礼拜的点滴。

直到多年以后我才明白,当一个人对自己所经历过的人和事难以忘怀时,便会沉积成一段心结,藏于心中。偶尔触动,真情便会一倾而泻。很显然,小兵嘎子几年的当兵经历是他难忘的情结。可惜当年的我,太不经人事。后来,小兵嘎子还在这家卫生院安静本分地做过厨师,现在在中药房工作,而我和阿虹都在离小镇十里之外的城市漂泊。我们都学会了像小兵嘎子一样认真地做每一件事,学会了像小兵嘎子一样以真诚的态度待人,学会了以一颗平常心来看待纷杂的世界。

李大略,2006年毕业于浙江工业大学,现在桐乡市委办公室秘书科工作。2007年开始创作散文、诗歌,曾在《嘉兴日报》开设个人专栏"烹茶厅",出版散文集《人生茶味》、诗歌集《行吟如风》。

凡人风骨 李大略

　　她没有名字,一出生就被父母嫌弃。在农村,家里生个儿子如得了宝贝,欢天喜地;生个女儿如招来累赘,垂头丧气。父母面对已有三个女儿的现实拒她于千里之外。爷爷奶奶也因为宗族观念不愿接纳她,父母觉得多个人又多张嘴,索性把她送到了外婆家。外婆境况也不好,几个舅舅推来推去,最后只好在各家轮流住。她出生的那年,外婆正巧住大舅家,母亲把未满五个月的她送过去的时候闹得很不愉快。大舅怎么能容忍一个外姓人住在自己家里,何况吃自己的、住自己的?外婆虽说是长辈,可是在偌大的家里没有尊严、没有地位,更没有话语权。外婆含着泪,祈求母亲把她带回去,好好养大,可是母亲因为没有能为父亲生个儿子已经顶着巨大的压力,哪里还敢接她回家。看着还在襁褓中的她,温润的脸蛋,滚圆的大眼,外婆实在不忍心让这个孩子受苦,硬是接过手留下了她。大舅当然不愿意,没多久把外婆和她赶出了家门。

　　好心的村里人清理了生产队已废弃的棚屋,砌了口灶,架起了床铺,乡亲们凑齐了简陋的生活用具物品,帮祖孙俩安顿了下来。赶上农村实行承包责任制的年头,外婆起早摸黑种田垦地养羊饲鸡。每次上街赶早市，卖了菜蒜豆蛋，买回她爱吃的糖果糕饼。外婆一大把年纪，怎经得住日夜操劳，几年下来积劳成疾便病倒了。总算天良未泯，大舅来了几趟，实在看不下去，便召集了家里所有人碰头商议，最后外婆回到了大舅家住，她被迫送给了邻村一户想收养女孩的人家。因为那家已有一个 3 岁的男孩，她比他大半岁多，今后可配成夫妻，她就成了心照不宣的童养媳。

她的童年已经很不幸了，可上天又变着法子折磨她稚嫩孱弱的躯体，在她 6 岁的时候因为发高烧，得了小儿麻痹症，右脚留下了残疾，走路一颠一跛的。养父母家庭贫困，她没有上学，无同学可言，更谈不上有一起玩耍的同伴。村里有些调皮的孩子不仅奚落她，还拿小石子扔她。这些委屈，这些痛苦，她都忍了。因为她知道，自己只有坚强地活着，才对得起外婆当初对她的百般疼爱，才对得起收留她的养父母。养父母待她如同己出，她亲昵地叫着"爸爸"、"妈妈"。她照顾着弟弟，百般呵护他，她明白弟弟是她相依相靠的玩伴与亲人。

她一颠一跛地走过风风雨雨十多年，其间养父母因为身体单薄，常常病患缠身，有时会卧床不起。她一天天长大，不时帮衬着干点家务干点农活，渐渐地她挑起了养家糊口的担子，白天干农活，照顾养父母，晚上在家替针织厂干计件制的针线活。弟弟 19 岁那年飘向城市，走上了农民工的人生之路，也在那边谈起了女朋友，应该是不会再回贫穷寒碜的家门了。童养媳的归宿谁也没当回事，如同一朵飘向天际的云彩。

她依旧默默地在乡下劳作，陪伴养父母，担当着女儿的责任。虽然当初父母狠心把她送人,甚至如今村里还是有很多人常在她耳边唠叨、细说当初父母是如何对待她、丢弃她的,可她一直没有怪怨过父母。当时家境贫寒困苦是明摆着的,三个姐姐直到现在也过得不如意。而且二十多年过去了,为什么还要去计较这些已成云烟的往事呢!现在,她至少能独立生活,能撑起这个家,能赡养照顾好养父母报答养育之恩。偶尔她还能去看望父母和姐姐,这样的日子若与外婆相依为命的往昔相比,她已经很满足了。

她很平凡,在江南小镇的乡下,过着波澜不惊的日子。可是不久前我回石门老家,母亲告诉我,她的经历被一名记者挖掘出来希望她同意报道刊登。我觉得这是好事,虽然她没有骄人的事迹,也没有轰轰烈烈的故事,但至少她的坚强执着、她的善良朴实、她的宽容大度足以让我们这些生活优越的人感慨万般。可母亲说,她非但拒绝了采访,而且还到村委会去找了村长,恳请媒体不要打扰她平静的生活。很多人都诧异,这么好的机会,她竟然拒之门外。

我也觉得她这样做有些过了,新闻报道一来可以让大家知道她的事迹,二来也能借助媒体的力量改善她今后的生活境况,如今这样的案例太多了。我不明白她拒绝的理由是什么,更不明白,什么叫不要打扰她的生活?后来从母亲的嘴里我知道了缘由:她执意这么做是因为,她知道曝光后大众会把同情、赞许、敬佩统统给她,而把可恶、憎恨、谴责留给她的家人,这是她最不想看到的。还有什么比谅解、呵护、宽待家人更重要的呢!

生活中总有一种力量,震撼着我们的心灵;人生中总有一种感动,让我们泪流满面。人格伟大渺小与权势名望出身无关,人品良莠优劣与机遇知识地位无缘,人心善恶美丑与贫富老幼健残无涉,更没有必然因果。媒体上层出不穷的英模事迹固然令人动容,是我们为人处世的标杆,但涌动在神州大地上,淳朴厚道默默无闻的芸芸众生,同样迸发激荡出炽热的正能量,汇聚传承着中华文明,令人敬重,令人仰慕。

潘婼悌，原名潘彩丽，汉族，浙江平湖人，出生于1988年，毕业于湖州师范学院。已在各网络、杂志媒体发表散文30余万字，连载小说有《误会一场》《月月的小三生涯》《十年轮回》《倚天屠龙续》和《天路》等。中国散文学会创作员，嘉兴市作家协会会员。

老头子的秘密 潘娿悕

它，是坐落在嘉兴东北角的一个小镇。

那是一个清水萦绕的地方，带着古雅婉约的气息，有酒旗民乐，有石桥栅栏，有乌篷船的摇橹声，有艄公的歌声，也有洗衣女们的谈笑声。

他，是一个生活在这个小镇上的平凡老人。

多年前了，我已记不清，他离开，离开所有人的世界，走得安详、迅疾，连道别的时间都没给。当所有人在号啕大哭时，我是最沉默的。前一晚，他清晰地喊了我的名字。那是他生前唯一喊我全名的一次，我便知道，他要走了。次日晚上10点，当他的亲人带着哭腔来告诉我消息时，我在被窝里，并未起身，只"哦"了一声，便背过身睡去了。母亲理解不了平日我与他的惺惺相惜怎么会成了此刻的冷漠，只无奈地陪着来人摇头走开了，留下我和湿透了的枕巾。

"晚上放学回来给你带什么好吃的呢？"每晚放学回家是必然要先去看望他的。他很瘦小，弱不禁风的样子，出生在地主家，娇惯，不怎么干体力活。"文革"那会儿，地主被打倒了，他家也没落了。家里的兄弟都是精明的，早在之前就把"铜钱"穿起来,埋在屋后的林子里,只有他没有,"生不带来,死不带去的,埋那些东西干什么"。为此,他老伴总是气不过,每次同我说起,总会抱怨:"他啊,就是傻,分到的那一点家产也不知道去了哪里!看人家多精明啊,都留着自己用呢!"他便总劝着老伴:"好了呀,现在不都挺好的嘛,都是过去的事了,提那些干什么啊。"他老伴更气不过了:"以前生产队的时候,我一个女人干两个男人的活呢,还不是因为你身子不好吗,有那些个铜钱的话也不至于这么受累啊,你说哪个女人像我这样命苦的?你的那些家产啊,也不知道去了哪里……"他便在一旁,拍拍老伴的肩膀:"让我也有点小秘密好不好?"然后便咧着嘴笑。

"包子,鲜肉的,一个就好了。"他每天都会搬张小竹椅,垫着垫子,夏天是席子的,冬天是棉花的,然后靠在墙角边,一坐就是一天。跟上班的人一样,早上起来,晚上进去,倘若遇到下雨天便搬进大堂里,但须是近在门口的。我问:"为什么一定要在门口呢,被雨打湿了怎么办?""因为要看着你来看我啊。"他于是便笑了,干瘪的嘴巴,牵扯着松动的肌肉。我便知道,每天放学要给他带一个鲜肉包子。那是种甜蜜的负担,在枯燥的学习生活之外,多了一份期待和责任感。遇到值日,是要回来晚点的,所以我买好包子就塞进书包,用书围着,然后放在自行车后边的车篮里,跟伙伴拼命地骑回去,那归心似箭的心情真叫迫切。能想象他靠在墙角等我的样子,有一回,他竟然眯着眼睛睡着了,我到家时天色已微黑,看到在墙角蜷缩着打盹的他,心疼极了。停好车子,还顾不得取出书包,便奔向他了。我摇摇他:"怎么不进去等呢?冬天了,你看还黑了呢!"他睁开眼睛,又笑:"啊,终于回来了啊。"后来他老伴告诉我,他一直念叨着我怎么还没来，也硬是不肯进屋去，念叨着念叨着就睡着了，他老伴是拗不过他的，也索性不管了。他咬着我带回来的还有温度的包子，咧着嘴笑得像个孩子。也不知道他是在等这个包子，还是等我。

　　他喜欢吃豆瓣，也喜欢剥豆瓣。不管夏冬，前一晚，用一个银色的小盆装着那些青壳的蚕豆，灌上热水，放上一晚，第二天便可以把壳轻而易举地剥掉了。他喜欢坐在那只小竹椅上，弯下瘦小的身子，边上放一只白色的有蓝色纹路的小瓷碗，剥一粒就把它掰成两瓣，放入碗中。一般不会剥很多，因为他老伴是不吃的，只有他一个人吃，也只吃一顿，所以半碗就够了。大约几十颗，从来不多，也不少。遇到我周末不上学，便会蹲下身去帮着他剥，他此时便更加欢欣了，跟我说："从这个芽，顺着边上剥，打开壳会容易得多。"我便学着他的样子，一起做这个"活"。他老伴要做饭了，他有时也会坐进草垛帮着烧火，但那时的他站起来、坐下去已经略显吃力了。我在的时候便扶着他，不在的时候他就去扶着墙。他老伴会说几句："不就是豆瓣吗，有什么好吃的呀？自己这样费力，不划算啊。"他不说话，自言自语一番也就过去了，但他会跟我说："我就是喜欢吃这个东西，关别人家什么事情，你说是不是？"我笑，他也便咧着嘴，笑了。

　　有一年春节，他忽然把我悄悄神秘地叫到房间里，打开一个陈旧不堪的盒子。里面是一块蓝色的绢布，他颤抖的手慢慢打开布，里面露出了一块白色的莲花状玉器："这个留给你的。"你能想象一个年逾古稀的老人将他视作珍宝的东西骄傲地说给你时候的样子吗？我捂着他粗糙的手："好，您替我好好收着吧。"他点了点头,又郑重地把它包起来,锁进盒子。他走的那晚,听说张着嘴巴,看了周围人一眼,都认出了是谁,那些平日里叫不出名字的都叫出来了,没有认错。很快,没有痛楚,他就走了。他老伴是哭得最伤心的,倒不是说她与他最有情,而是他近在身旁,但总会因为各种琐事而拌嘴和斗气,等真正想好好地陪他时,却发现:他已经苍老得要离她而去了。

他老伴后来戴着白色的头绳见到我,说起他的时候,叹息道:"老头子走了,没有人可以让我唠叨了。我很年轻的时候到他们家,那是我妈逼着去的,那时候穷,没办法啊。后来看他人老实,也就跟他好了。没有大富大贵,我常埋怨他傻,不是为我自己,是为他啊。"我便陪着说:"他很开心,过得很好,一直很安详。"他老伴会抹下眼泪:"是啊,活着,怎么都是好的。也不知道他在下面好不好,他还有个大儿子在下面,他们父子俩应该团聚了。"左邻右舍便烧了很多的纸钱、元宝和纸糊的房子、车子、衣服、被子。他老伴说:"老头子怕冷啊,冬天都离不开热水袋的。"我在想,那他喜欢吃的鲜肉包子,该怎么送去呢?

他老伴后来也走了,托人捎来一个白色的信封,里面是一张泛黄的老照片,照片上的他很年轻,瘦削,但挺拔,穿着厚厚的军大衣,领子已经洗得泛白,满头的黑发沾满了皑皑白雪,正咧着嘴笑,背后是那条小镇上的泖水河。照片的背面是一行小字:安徽省裕安区三拐店村 23 号孤儿丁晓红。

带信的人临走前说:"老人家要我转告你一句话,她说她终于知道老头子的秘密了。"我想,我也知道了。

　　尤佑,1983 年生,原名刘传友。祖籍江西九江,现居嘉兴。嘉兴作家协会会员。获得"2007 中国网络作家"诗歌奖。诗文散见《中国诗歌》、《圣地诗刊》、凤凰网等。2010 年由上海《诗歌报》策划出版诗集《虚像》。

修理铺里的兰花们 尤佑

圣诞节夜里,我在灯下写作。忽然手机响起,屏幕上显示的是一个陌生电话。正在我犹豫要不要接这个不知头绪的电话时,刚满月的儿子却一把抓住手机,还鬼使神差般地按了免提。

于是,那个姓朱的陌生男人引起了我浓重的好奇心。

电话那头是一个醉汉,他的声音很是沧桑,仿似有些扁桃体发炎般的沙哑,我甚至能听出他的胡髭已经老长了。

"秀兰啊!今天是我们结婚五十周年的日子。五十年啦!你看我的表现能得几分?"

尔后,手机就忙音了。对于这个男子会不会躺在路边受冻,我倒是颇有些担心,不过,刚从厨房洗碗出来的妻子,听到了那句"今生邀评",显得很是嫉妒。毕竟,我刚刚忘记了我们的三周年结婚纪念日,甚至已经很少在乎彼此的评价了。

陌生人的一句无头无尾的问话,对于我来说,却充满着神秘。妻子利用在移动通讯上班的职业便利,查询到了陌生号码的主人姓朱,家住城北中和街,而那个名叫"秀兰"的女人,则是老朱的爱人。这样的一对中国式夫妻实在是太普通了，然而那句没有传达到人的话却仿似电影对白，让人着迷，我耐不住好奇心——一定要去城北中和街看看。

生活的秘密往往很容易就揭开了，但前提是：只要你想。城北中和街很短，街头至街尾不过两百来米，"老朱自行车修理部"赫然在目，而那个陌生的号码也很鲜明地标注在广告牌的下方。远远地看去，那个男人并不像想象中高大，目测大抵是一米六，黝黑的脸庞布满了褶皱，大抵是昨夜的酒意尚未消散。我似乎能看到那略显沧桑的眼睑，但是那张脸上却没有哀怨，大多是平静的浅笑。

隔壁"阿能面"店里走出一个厨师模样的人，他咧着大嘴对着老朱喊："老朱，听说昨晚你喝醉了，还睡在路边啦？"

老朱毫无愠色地仰起头，脸上略带羞涩地说："难得的，难得的，几十年难得醉一次啊！"

这段对白更让我确信，街对面的那个男人就是昨天电话那头的那个人。但是我却想不出我来到此地的初衷。眼下，我只想着我的电动车的后胎气并不是很足，所以，我就转头到了老朱身旁。此刻，我才有机会看清他的手，那是一双布满厚茧的粗糙的手，仿似被藤蔓缠绕的虬枝。

"朱师傅，借气筒加点气啊！"我笑着对他说。

"加呗，没事的！"他没有回头看我，似乎我们已经很熟悉了一样。

仔细审视这个小小的店铺，麻雀虽小五脏俱全，里面陈列着许多修理工具，还有自行车配件，一个个都擦得锃亮锃亮的。在店铺门口，有许多老朱亲自组装的自行车。他把能寻找到的配件组合起来，有"永久牌"的骨架，也有山地自行车的龙头。因为是以旧组新,所以售价很公道,每辆车不过百来元,但是却坚实无比。而在店面向后延伸的走廊里,摆满了兰花,约莫有三十来盆。有普通的吊兰,也有稀有品种"台湾兰",还有很多我没见过的不知名的花,但看得出这些都是兰花一类。

我心不在焉地给车胎加气之后,从口袋里掏出一元钱打算递给老朱时,他扬起脸说:"小伙子,这个不用钱。气筒摆在这儿是便民服务,空气是大家的,力气是你自己出的。"

此时,我为我的"大方"而觉得尴尬。毕竟,这片温厚的土地上,人们睦邻友好,彼此温暖,像是这江南柔波一般。水,至善而利万物。那些翠绿欲滴的兰花需要这水的滋养,而那些陈旧的铁更需要水的擦洗。

"朱师傅,太谢谢您啦!您真是个热心肠的好人啊!反正你现在不忙,我还想问问你,怎么能把这兰花养得这么好呢?能不能传授点经验啊!"

"小伙子,你对养兰花感兴趣啊,向我请教你可是找对人了,我可养了四十几年的兰花了。"

当他说起兰花的时候,我看到他的眼眸里闪烁着动人的光芒。

四十多年前,他的妻子秀兰因车祸而高位截瘫。当时,她的心理变得极为焦躁不安,憎恨一切美好的事物,失去生活的信心和勇气。为了保全妻子的性命,老朱几乎倾其所有。他最为遗憾的是,他们没有来得及享受完幸福的甜蜜,飞来横祸就已经降临在她身上。看着窗外凋零的树叶和空空如也的墙壁,幽暗而狭窄,作为健全人的老朱似乎都难以承受这样的痛楚,更何况躺在床上的秀兰呢!正在他焦头烂额之际,他想起了秀兰最喜欢的植物——兰花。

老朱说:"做人做事和养花的道理是一样的,用心就好!"

随着经济的飞速发展,老朱的自行车修理部的生意也日益寡淡。街上很多人都开着豪华的汽车,穿梭在繁忙的都市中。老朱曾经也想要关闭这个修理部,另谋出路,但是他还是坚持下来了,或许他对那些冰冷的"铁疙瘩"有着戒备之心。

如今已经是耄耋之年的老朱,在回顾那些悲惨的窘境之时,脸上依然是浅浅的微笑。他顺手指向花廊的那头,并邀请我一起往里走。在老朱的引领下,我径直来到那间不足八平方米的房间,翠绿的兰花让狭小的空间变得自然而清新。老朱说,他每天都要给这些花儿浇水,当然也包括他最爱的"秀兰"。

老朱手提老旧的喷壶,水顺势从壶口喷涌而出,丝丝缕缕地散播在空中,被浇透了的兰花仿佛沐浴在春雨之中,一片翠绿的生命之意延伸开去。躺在床上的正是他的妻子——秀兰。她满头的银发梳理得很整洁,身穿一件火红的袄子,房间里开着空调。见我进来,她想起身问候,老朱即刻明白了她的心意,搀扶她坐起身来。从脸上慈祥的笑意,我能感受到那份默契与甜蜜。当我细细察看他们的脸庞,发现他们竟是如此相像,慈眉善目,仿似兄妹一般。这或许就是人们所说的夫妻相吧!

秀兰说,此生虽多难,但已然无憾。窗台上摆着一个佛龛,那只是为祈求她心爱的老朱能健健康康。

毕竟老朱为这一段恩爱付出得太多。她说,十多年前,嘉善有一个晋亿螺丝的老总在这条街上吃饭,发现老朱的手艺精湛,力邀老朱放弃这个破旧的修理部,到他们厂里上班。但嘉善路程遥远,倘若到厂里上班,就无法照顾卧病在床的秀兰和那些兰花们。老朱最后选择放弃。

听他们的讲述,我几欲落泪,但看他们脸上洋溢着的兰花般的清新笑意,我心如温室。或许即使命运像铁一样冰冷,但你依然可以将它擦拭得整洁光亮,你依然可以用爱浇灌生命,使之翠绿欲滴。我连忙掩面感谢老朱的慷慨,不仅是那不收费的便民服务,也不仅是那养植兰花的经验,更有一份生命的感动。

走出修理部,街上的新年气氛弥漫开来,红火的色彩一直蔓延。我打算给人们讲一个故事,并给那个名叫秀兰的女人发一条匿名的短信:"秀兰啊!今天是我们结婚五十周年的日子。五十年啦!你看我的表现能得几分?"

　　梅子黄时雨,1981年生,浙江嘉兴人,言情小说作家,2006年底开始文字创作,目前已出版8部畅销言情小说,分别是现代文《人生若只初相见》《因为爱情》《最初的爱,最后的爱》《有生之年,狭路相逢》《有生之年,狭路相逢 终章》,民国文《江南恨》《青山湿遍》和古代文《锦云遮,陌上霜》。其中《人生若只初相见》一书一上市就重印8次,销量目前已经10多万册。《人生若只初相见》《江南恨》已译成越南语出版。

杨云华 梅子黄时雨

杨云华,男,嘉兴市油车港合心村人士,生于 1951 年,卒于 1995 年,享年 44 岁。他是一个很普通的农民,同中国千千万万的农民一样,一生平凡到乏善可陈。

1994 年的某个夏夜,杨云华照例把八仙桌搬到自家的水泥场上,唤着两个女儿:"阿大、阿二,来帮爸爸搬凳子。"

在嘉兴的农村,为了方便,素来爱按排行给孩子取简称,不分男女,第一个生的孩子叫"阿大",老二叫"阿二",依次类推。

"来了,来了。"大女儿和小女儿嬉闹着搬着长条板凳出来。

一张八仙桌,四条板凳。然后端菜端饭,一家四口人开始吃夜饭。

一家之主的杨云华每顿夜饭必吃几口黄酒,这晚亦是。他边喝边问大女儿:"阿大,今天学校里教了点什么?"

农村并没有"食不言寝不语"这么多的规矩。一天的辛苦劳作下来,也只有夜饭光景,是一家人聊聊天说说话的时候。

阿大扒着饭:"今天有历史课。"阿大最喜欢历史课,摊开书本,春秋战国、秦皇汉武、唐宗宋祖,风云跌宕的数千年历史便如画卷一般幽幽地铺展开来,一切都好似近在眼前。

杨云华默不作声地喝了一口酒,好半晌,才说:"历史啊,很多时候都不是书上那个样子的。胜者为王败者寇!历史永远是最后赢的那些人的历史,笔在他们的手里头,他们想怎么写就怎么写。现在啊,我们看到的历史都是他们瞎编出来的。"

阿大已近叛逆期,抬头反驳道:"爸,你怎么知道?你又没有生在那个年代。你怎么知道就不是书上所写那样的呢?"

杨云华想了想,末了笑笑:"阿大说的也对。爸没生在那些个年代,确实是不知道。"他伸手摸了摸女儿的头,长长地叹了口气,"阿大,好好读书,多读点书多学点东西总归是不会错的。知识在你脑袋里,小偷偷不走,强盗抢不走,一辈子都是你的。靠山山会倒,靠人人会跑。多读点书,比金山银山还要靠得住。晓得不?"

杨云华于 1995 年 1 月 19 日的冬天,在女儿阿大 15 岁那年因突发脑溢血而亡,死前甚至未见到女儿们最后一面。

这段话是杨云华留给他女儿阿大最深刻的一段对话。

长大后的阿大终于发现,原来真的如父亲所说,很多事情都不是书本上所写的那个样子。也确实只有知识是真正属于自己的,小偷偷不走,强盗抢不走。

阿大一直清晰地记得,那个夏夜,自家老屋的水泥地前,是宽而清澈的河流, 偶尔还有鱼儿从水面跳跃而出然后再"扑通"一声坠入河中。抬头,是深蓝如丝绒的天空,上面缀满了无数的钻石,每一颗都熠熠生辉。

父亲去世后，阿大才从同宗长辈口中得知父亲年少的时候读书聪慧，曾考入嘉兴一中。那是嘉兴市最好的高中，育有各个领域的无数名人，有范古农、褚辅成、钱玄同、朱希祖、茅盾、郁达夫等等。

可是当那一年，贫穷的祖父把被褥行李都已经给父亲收拾好，准备送他去进城上学的时候，文化大革命铺天盖地席卷而来——父亲杨云华从此中断了学业，再没能回到学校。

跟很多同龄人一样，他与他们都曾被那个时代所误伤！

阿大每次想起父亲的时候，就会想，如果没有那场十年浩劫，父亲杨云华或许早就鱼跃龙门，不在农村了。也或许就没有这么早去世了。

当然也或许，这个世界上根本就没有她这个人的存在了。

谁又知道呢！

只是每到夏天，女儿阿大就会想到那个夜晚，想到父亲杨云华说过的话："好好读书，多读点书多学点东西总归是不会错的。知识在你脑袋里，小偷偷不走，强盗抢不走，一辈子都是你的。靠山山会倒，靠人人会跑。多读点书，比金山银山还要靠得住。"

　　简儿,1981 年生,浙江嘉兴人。2001 夏天开始写诗,曾在
《诗歌月刊》《诗选刊》《绿风》《文学港》《中国诗人》《诗江南》
等刊物发表诗歌作品几百首。有诗歌入选年度选本。2008 年
写作散文,迄今已在《散文》《西湖》《文学与人生》《浙江作家》
等刊物上发表散文作品十余万字。散文《七年》被《读者》转
载。《邮局》(外三篇)入选 2012 年度散文精选集。诗歌《简儿
作品》获嘉兴市文学艺术成果奖铜奖(2011 年)。

记忆中的那些人　简儿

老姑娘

那家杂货店在老街的底部。走过去,要经过两座石拱桥,它们一律脊背弯弯,如饮水的老牛。

走过去,经过一家剃头铺。剃头铺的阿三,脖子里围着一块脏兮兮看不清颜色的布。再走过去,还要经过一家水果店。水果店的老婆婆,脸皱巴巴的,像卖不掉的橘子。

只有那个杂货店的女孩子,留着波波头,穿着清爽的白裙子,很像个女学生。她甚至有女学生的矜持,见了人,总要羞涩地低头。那一低头的温柔,就在你心头晃呀晃的。

她手里多半拿着一本旧小说。琼瑶或三毛。那些爱得死去活来的故事,她总是看不厌。她闲闲地靠在藤椅上,两条乌黑的麻花辫,衬托着她素净的脸愈发显得素净了。

有时半天也不会来一个客人。有时木门吱嘎一声响起,她脸上显出一抹惊喜,来的却是隔壁那只老猫。

日头从东边移到了西边。一天又在等待中过去了。也许漫长的一生,都将消磨在等待里。

她在等待那个初恋的少年。他在她手里买过一沓毛边信封，她低着头递给他时，她的目光不敢接着他的目光。她只看见他穿的白球鞋，斜挎的一个军绿色书包。

后来，他经常来。有时买一支毛笔，有时买一沓信纸，有时痴痴地看着她。她暗地里叫他"书呆子"。她不记得他有没有偷偷塞过一封信给她，也许有过的，只是那天她凑巧不在，让她母亲捡了去。她总疑心事实如此。不然，后来他怎就像一只杳然而去的黄鹤，再也不来了呢？

她在等待那个梦中的情人。人生若只如初见。有一个夜晚，他牵着月色这匹白马，闯进了她的心扉。他粗壮的胳膊环绕着她，喊她"亲爱的小傻瓜"。她明明知道那个人，一定不是她的梦境。可是她不明白，为什么，只有在梦境中，她才可以和他相见？

杂货店的光线终日暗沉沉的。她一个人坐在寂静的时光里，也不知道人世往来如梭。她还是那个纯真、清澈的女孩子。从没让人坏过。

可他们都说她已经是一个老姑娘了。她忍着眼泪，不相信这是真的。

八宝糖

同事在我桌上放了一袋八宝糖。赤橙黄绿的底子，外面裹着一层薄薄的白霜。

我小时候太喜欢吃糖，牙齿全都蛀光了。母亲强制不给我吃糖，我就偷偷地吃。小孩子哪里懂事呀。大人越是禁止的事情，就越是有诱惑力。

牙齿疼死了。我照照镜子。镜子里的小姑娘，张开嘴巴，有着一口深褐色、歪歪扭扭的小牙齿。简直比爷爷的烟熏牙还要可怕。更可怕的是，小虫子钻进了牙齿里，扭来扭去的，在吃牙齿里的八宝糖呢。

我龇牙咧嘴地走到母亲面前。母亲啥也没说。她从针线袋里拿出一圈白线，扯下一截，用牙齿咬断。"来，我给你拔坏牙齿。"她一边说，一边把线的一端系在我的坏牙齿上。然后用力一拉，坏牙齿就掉了下来。

母亲把坏牙齿塞给我，让我把它扔到屋顶上去。她叮嘱道："双脚要并齐，这样，新长出来的牙齿就会整齐。"不晓得这有没有科学依据。反正我每一次都照着母亲的话。后来果然长出了一口整齐的新牙齿。

牙齿不疼了，我又偷偷地吃八宝糖。除了八宝糖，我不知道世上还有什么更甜的东西了。甜是一种让人欲罢不能的味道。我用鼓鼓的小嘴巴、小舌头、小牙齿，翻来覆去，品尝着童年的甜滋味。

只有过年的时候，母亲才让我们由着性子吃东西、玩闹。祭祖先的时候，母亲摆上几样水果，年糕，一盘八宝糖。我不相信祖先们真会吃。他们甚至连糖纸都没有剥开一下。可是母亲相信。她给祖先们摆好酒盅，斟满黄酒。

等祖先们吃过以后，八宝糖就归了我。据说祖先们吃过的东西，吃了身体会健康。怪不得，母亲允许我吃糖呢。

我再说一件八宝糖的事情吧。我家隔壁住着个老爷爷，长年生病。有一次，我给他一颗八宝糖，他吃了以后，咂着嘴说："真好吃呀，我从没吃到过这么甜的东西。"我跑回家，把剩下的一把八宝糖拿来都送给了他。过了不久，老爷爷就过世了。很多年以后，我才知道，原来他得了一种不可以吃糖的病。

从此以后，我就再也没吃过八宝糖。

雪糕

那年夏天，我上小学一年级。

校门前摆了个雪糕摊，一个大嗓门的中年男人推着一只大木箱在叫卖。木箱半开半合着，露出一小截花棉被。花棉被下，藏着冒着寒气的棒冰和雪糕。

这是一项多么神奇的发明啊。我发现花棉被下的雪糕竟然不会融化，我总疑心那个中年男人是魔法师变的。

母亲每天早上都在我的书包里放上一角钱。我舍不得买东西吃，可就是抵挡不住雪糕的诱惑。

中午吃过饭，我就忍不住想往校门口跑去，仿佛那只大木箱里放了磁铁吸引着我的双腿。我愈发相信那个中年男人身上有某种魔力了。

他拿着木板，拍打着箱子，唱着歌："雪糕甜，雪糕香……"

他打开箱子，问聚拢过来的孩子们："盐水，赤豆，娃娃，你要哪一种？"

我永远只有一个回答："我要娃娃雪糕。"

"好嘞。"他小心地打开箱子，从里面拿出一根娃娃雪糕递给我。这名字取得真是名副其实，雪糕胖乎乎的，像个娃娃，大眼睛和大嘴巴，冲我嘻嘻笑着。

我舍不得咬一口，用舌头舔着吃。雪糕香香的，凉凉的，吃到肚子里,夏天的暑气,仿佛也全都消散了。

我一直很喜欢那个卖雪糕的外乡人。他看起来一点儿也不像个坏人,有时候,吃了一半的雪糕掉到了地上,他会重新拿出一支新的给我们。

可是有一天,他做了一件很愚蠢的事情。那天,妈妈没有零钱,给了我一张一元大钞,我像往常一样蹦蹦跳跳跑去买雪糕。

他收了钱,取了雪糕,合上了箱子。我等他找我钱,可是,等了好久他都没有动静,我只好默默地离开了。

回到教室,我忍不住哭了起来。老师问清楚原委,带我去校门口。但那个中年男人不见了,只留下了满地湿漉漉的雪糕纸。

"那么,他一定是故意的。"我的心咯噔了一下。一朵乌云飘过了头顶。

下雨了。老师拉着我回教室。原来,他不是魔法师。我的心又咯噔了一下。

明白了这一点,我心里感到失落极了。那个中年男人后来再也没有出现过。可是,要是他愿意好好修炼,我想,总有一天,他仍然可以成为一个魔法师的。

那个爆米花的人

那个爆米花的人在哪里呢?只要竖起耳朵,倾听巨大的"砰"的一声,很快就可以在栖真寺的一块空地上找到他。

他穿着一件军大衣,满脸的络腮胡子,一副风尘仆仆的样子。令人疑心的是,他这一年其他事情啥也没干,就专门等着来我们村子里爆米花。

一只黑乎乎的炉子，在生起的木炭火上转着圈，骨碌骨碌的，那只胖胖的肚子像一个怀了孕的女人。所有的人都在屏息等待着那声巨响。胆小的孩子已经捂着耳朵躲远了。

等到那震耳欲聋的爆炸声响过之后，孩子们"哗"的聚拢在炉子边。只见那个爆米花的人，一只手戴着手套，拎起炉子往麻袋里一倒。

雪白的爆米花出炉了。空气中弥漫着一股甜香味儿。那个爆米花的人捞出一把分给孩子们吃。爆米花真好吃啊，像在吃云朵似的，又松又软。

爆米花啦，爆米花啦。青龙湾的孩子们一边跑一边吆喝。钱家港的孩子也跑来了。他们不约而同地穿过怀秀桥和香樟树的浓荫，来到栖真寺旁的空地上。

为了占一个位置，两个男孩子摔起跤来。可是，等到那个爆米花的人施展他的魔术，把孩子们背来的一小口袋米变成一大堆白云一样蓬松的爆米花时，那两个摔跤的孩子也就和好了。

孩子们一边嚼着爆米花，一边在栖真寺旁玩耍。在那个爆米花的人还没有收摊之前，他们是舍不得回去的。

多么神奇的时光啊。落日的余晖，照在栖真寺的黄铜大门和寺前的两株古银杏树上。那"砰"的一声巨响，比一只鞭炮的威力可要大多啦。真是非常之喜庆和欢乐。

很多年以后，不知为什么，我总在梦里看见那个爆米花的人。

　　李力，1980年生。现任海宁市文联秘书长兼文艺科科长、名人文化研究中心秘书长、作家协会副秘书长。高中毕业即参加工作，后自学至本科学历。自小喜文学，前爱散文，2006年与歌词结缘，2008年作品曾收入《浙江当代百家歌词精选》等。

邻舍隔壁 李力

　　林玲真的很讨厌隔壁这户人家。

　　两家房是真正的"贴隔壁"——农村里那种自造的二层小楼房共用一堵墙。但两家人却是完全不同风格的：林玲家仅三口人，因为父亲病休在家，母亲生性斯文，林玲自己又是个读书学生，所以喜欢清静。但隔壁这户却是典型的粗放人家庭。他家一门有五个人，一对中年夫妇，一双年轻小夫妻外加狗嫌人厌年纪的小屁孩一个。一日到夜兴哄来兴哄去，说话干事一概大嗓门、重手脚，看着就乱糟糟的叫人心烦。更要命的是他们还喜欢把他们的这种"闹猛"带到林玲家来，不是那个小孩子经常"哇哈哈、哇哈哈"地怪叫着跑进来骚扰林玲复习，就是那四个大人来串门子。有一段时间他们居然天天吃好晚饭就跑过来，两个女的扯着林玲妈东家长西家短，唾沫横飞的同时也不耽误工夫地狠磕林家的瓜果，两个男的则更过分，居然自作主张地叫牌搭子来，堂而皇之地占住林家的八仙桌"大战四方"，输了、赢了都要审"牌官司"，激动起来还要拍台拍桌地乱吼……他们每次来过，就像蝗虫过境一般，把林玲妈准备的吃食一扫而空，地上则留给林家厚厚一层果皮、瓜子壳和香烟蒂头。

"讨厌死了!烦死了!"一次林玲要期末考试了,他们却还是不识相地在楼下大呼小叫,吵得她心烦意乱,终于忍无可忍地站在房门口怒喊了几句。

楼下的热闹仿佛一下子被掐断了电的录音机般戛然而止。

事后,林玲被父母狠狠训斥了一顿:小姑娘家家怎么能这样没礼貌没教养?!远亲不如近邻,以后家里若有什么求人家帮忙的,这样一来还怎么好意思开口?邻舍隔壁低头不见抬头见,就要客气点有来有往才对⋯⋯

林玲心里不服,暗自撇嘴:我们家要求这户大老粗帮忙?他们不来揩我们的油就谢天谢地了!脸皮那么厚的人家,不跟他们客气他们自己也会不客气的!

事实似乎证明林玲的想法是正确的,过了没几天乡下发蚕种,要开始养蚕了。好嘛,因为他们家放不下那么多东西,于是林玲家门前的场地和一楼的大厅马上就被不客气地"征用"了。一些乱七八糟的家什和他们家的摩托车、电瓶车、自行车一股脑儿全塞进了林玲家一楼,外面则是先晒满蚕匾、蚕网,之后随着养蚕的进程,桑叶、蚕粪沙、把子柴⋯⋯轮番上阵把场地铺得满满当当连个插脚的地方都没有。搞得好几次林玲夜自修回来推着自行车站在家门外却愣是进不了门。无奈下,林玲只好大声喊父亲来帮忙搬自行车。每当那时,隔壁家里就会跑出来人,基本上是健壮的中年夫妇中一人,实塌兮兮地笑着说"我来我来"。有一回倒意外是他们那儿子,口上自称着"阿哥",轻松扛起林玲的自行车几跨步就进了楼梯间，一边得意地停放车子，一边还多嘴多舌地说："这种车子我随便拎拎，以后你回家进不了门都叫声阿哥好了。你爸身体差，别叫他费那个力气了，当心闪腰！"

林玲的肺都要气炸了，心想：我叫你个头！若不是你们把路都给堵了，我直接把自行车推进来就行了，哪用得着叫我爸帮忙?! 还闪腰? 你们一家子才当心不要闪腰呢！

跟这种人家做邻居真是倒霉透顶！

可父母亲并不因此厌烦，依然热情地招呼着对方，时常大方地让他们占这样那样的"便宜"，于是林玲只能不断地被刺激、不断地生闷气。

日子一天天过去，随着林玲的长大，林家父母打算把已经略显陈旧的楼房翻修一下。为此，还特意去和隔壁家打了一番商量，得到同意后回来大赞人家通情达理，差点把林玲气乐了：修我家的房子，要他们同意什么呀? 理所当然的事情居然还要夸他们，真是郁闷死了！

林家的翻修工程还是进行得很顺利的，本也没准备大弄，就是外墙刷刷新，把屋顶改造一下。

那天工人们收工时预计晚上要下雨，特意用油毡布、雨篷布之类把尚未完全改造好的屋顶遮得严严实实。但谁也没想到那晚雨竟然会下得那么大，还刮起了大风——

当时林玲正倚在床头看书，初听到"哗哗"的水声还以为是外面的雨水冲下屋檐的声音，后来总觉得有点不太对劲，把眼睛从书上挪开一瞥，顿时跳了起来：啊呀妈呀，水漫金山了！

只见墙面上一股股指头粗细的水流正汩汩地淌泻着，头顶的天花板也一滴一滴地在往下渗水。看样子再不采取点什么措施，那"指头粗"会立马变成"手腕粗"，"一滴一滴"的水滴会进化成"一根一根"的水柱，最后把这屋子、把所有的东西都给淹了！

林玲急叫父母亲，二老赶过来一看也吓了一跳。可是又能怎么办呢？且不说外面乌漆抹黑的，这风大雨大也不是林家这一家子弱小能抵抗的。

就在一家人眼看着屋漏加剧急得团团转时，隔壁估计听到声响也起来了。

"林家兄弟，怎么啦？出啥事情啦？"是大的那个从墙那边探伸过头来问。他尽管撑了把伞，还是被大雨淋得头发耷拉，衬着满脸水珠看上去十分怪异。

不过这时对林家人说，这位却几乎等同于天使降临。林父赶忙也凑到墙边把事情说了说。

"怪头"沉吟了一下，扔下句"别急"就缩了回去，好半天再没声响。林玲心里刚升起来的丁点期望与感动马上又跌到了底。

正又急又气，隔壁家楼下灯火乍明，两个人戴着草帽跑出来，一边叫着"把灯都开开"，一边往林家门前的脚手架过去。最后竟一前一后地往脚手架上爬。

林父忙叫妻女开灯照明，又和隔壁两个女人一样寻了应急灯出来照亮脚手架。这当口谁都明白了隔壁那对父子是准备通过脚手架爬上屋顶去补救。林玲站在阳台上举着应急灯照着那狂风暴雨中的两个人，又急又慌又怕又感动，真真是心乱如麻。

　　估计是风把遮雨的东西吹开了，等两人上去一番抢救后,屋子里的几处"瀑布"终于慢慢消停了下来。当小的那个重又从屋顶爬下来到林玲眼前时,浑身淋得湿透,落汤鸡一样的狼狈却居然还得意地安慰林玲:"用不着急的,有你阿伯和你阿哥在,这种事情随便弄弄就弄好了!"

　　听了他的话,林玲没笑,反而"哇"的一声哭了出来:那脚手架是竹子搭的,风大雨急,又冷又滑,要是这两个人爬的时候手滑或脚滑一下……

　　过后的日子仿佛又回到了从前,隔壁家的继续闹哄哄地来林家串门、打牌、占地方,只不过有时林玲晚上回来进不了门就不再喊父亲帮忙,而是"厚皮塌脸"地直接叫:"阿哥,来帮我拎车子!"

　　一点也没觉得有啥不好意思的。

周玮佳,浙江海盐人,纵横中文网女频签约作家,笔名:优雅、窒息。2010年开始创作网络小说,先后在书海中文网以及纵横中文网发表四部作品,完成三部。风格多以轻松搞笑、卖萌宝宝文为主。代表作:《机灵宝宝》系列三部曲,以及《总裁禁恋:霸上小后妈》。

顽童龙叔 周玮佳

龙叔,一个五十多岁的老头儿,年过半百,听说儿子都赶上我大了,但身上却总有一股顽劣气儿。

第一次见他是在今年 4 月份,高书记办了一场写作讲座,我也去凑个热闹。本来就是凑热闹的,进来人就不安分了,听前先瞧了一圈儿,想看看大伙都是打哪儿来的。没想到,被我瞧见了一个拿相机到处乱拍的人。瞧着他,他还回头冲你傻笑。我想着:这是哪路记者不成?但仔细一瞧,人家坐的是轮椅,心中就将这想法给推了。过半会儿,高书记笑眯眯走上来,拉着我介绍起了:这是龙龙,我们海盐县作家协会的,写的文章可好了,最擅长朗诵!

听着这些,心头不免惊讶。仔细打量这个男人:坐着轮椅,皮肤略黑,笑眯眯的眼里带着憨厚的笑容,若不是手里把玩着相机带着点文艺范儿,大街上碰着了,或是面对面喝茶闲聊着,心里最多在意的,应该是他身下那轮椅中藏的故事吧?或许还有点同情、有点惋惜。但谁能看出来,这样的他,居然舞文弄墨样样精通。

莫不是真应了那句俗话:高手果然在民间?

　　再次见到龙叔，是在今年9月底。上次讲座结束时，高书记给我们留了个作业，要求写个命题文参加比赛，我还真误打误撞勉勉强强拿了个第二名。在领奖会上，又见到了他。他还是带着那憨厚的微笑坐着，面前依旧摆放着一台单反。

　　后来，在大伙的聊天中，我终于得知龙叔相机不离身的原因：原来，他不仅能说会写，还会拍！

　　对，拍！各种报纸杂志上都有他拍过的照片！可以说，他最擅长的并不是写文朗诵，而是摄影。

　　上次就对他有了敬佩，这次又让我加深了对他的印象。不过那时，我对他还不算了解，总想着，和年龄差距那么大的长辈聊天，总得保持几分敬意和乖巧才好。

　　那之后，高书记见大伙都喜欢舞文弄墨，就提议成立个文学社。龙叔多才多艺，自然成了骨干之一。我们这一窝人，也就应招全进了社团，还互相留了联络方式。但我是怎么都没想到，第一个找我联系的人，竟是龙叔！

　　第一次和龙叔聊天，其实挺紧张，想着他是长辈，且多才多艺大大小小拿过不少奖，我就算会写点小东西也不敢嘚瑟，所以规规矩矩打过招呼，一问一答聊得拘谨，且都是社团里的事。

　　后来，龙叔更为了方便说话，就把我加进了他的QQ群。真是没想到，进了这里，我才发现了一个真正的龙叔！

　　是的，真正的龙叔。不是那个只拿着相机朝你憨笑的中年老头儿，而是一个活跃、幽默、顽皮的老顽童！只要他跟你聊熟，他就忘记怎么跟你正经说话了，聊天时总带着一股顽皮的玩笑味儿，有时用词还潮着呢！

　　某次，他找我，就问那网络上"K你"是啥意思？

我心下好奇,反问他问这干啥。他竟回道:"这样聊天不是比较幽默嘛!"

我说他老顽童,他回我说:"这叫与时俱进,不然就 OUT 了!"

又如一次,我找他有事,他竟回答:"正在打游戏呢,等我打完这一把再聊!"

哟呵,这龙叔竟然还会玩网游呢,一问才知道,人家可是骨灰级的!

这怎能叫人不乐一番?

不过这个老顽童是个实实在在的热心肠,即使自身行动不便,也会想尽办法帮助那些与他一样的残疾人。群里有个女孩儿,严重脑瘫造成双手瘫痪,故而丧失自信心。有时看着,我想帮忙,却不知从何下手,难以沟通。但龙叔就不厌其烦地和她聊天,给她开导,并且动员大家帮她想办法。不管有没有效果,他总说,这个社会是给了我们不少关怀,但很多还是缺爱的人。只有彼此多关心,才能尽量帮助他们走出阴影。或许有些阴影很难走出来,可是这份温暖和陪伴,却会让阴影淡化。

听到这些,我总对他心生敬佩。其实他自己也不容易,但他从没忘记身边的人。

社团办了个刊物,龙叔让我们都写一篇东西发在首刊上。他自己也以自己的经历为题写了一篇。我终于知道了一些关于他的故事。

别看龙叔平时乐呵呵的很幽默,他的故事却充满了心酸。

3 岁时,他被检查出患小儿麻痹症,之后双脚完全萎缩,从未摆脱过轮椅。可他从没认命,小时靠着父母兄长背着去学校,完成了初中的学业。毕业后,他开了一家小卖部,后来因为一张照片,他爱上了摄影。

他说,那张照片,是他在 3 岁前照的,是他在这个世界上唯一的一张用双脚站立在地上的照片。

后来,因为这张照片给的感悟,他不惧艰难,历尽千辛借钱买了第一台卡片照相机。即使行动不便,也按时从海盐赶到嘉兴去学摄影技巧。十几年下来,终于从一个什么都不会的外行,成了摄影家而且在嘉兴和海盐拿过不少奖项。

但他早年,在求学摄影的同时,更为了养活自己和妻儿,凑钱买了一辆小三轮摩托车做起路上拉客的生意。风风雨雨,只要有客他就上路,一做就是二十来年。

现在,生活改善了,政府也给了他更多的关怀,甚至帮他开了一家网吧,让他不用再继续跑车。而这二十多年里,他已经养活了自己,养大了儿女。

虽然他话语之间总不时透着顽皮劲儿,但闻者心知,那一路的坎坎坷坷、辛酸苦辣,岂是那短短几句描述能简单带过的?

他说,不容易的人多了,他现在挺好的,孩子长大了,都快大学毕业了。自己每天待在店里打打游戏、聊聊天,虽然行动不便,却已经不觉得差什么了。

我问龙叔,那张照片给了你什么感悟,让你那么执着地爱上了摄影?

他想了很久,也道不出一个确切的所以然,只说:有些东西转眼就没了,要是能有什么办法把它们停留下来,定在那一刻就好了。

　　沈晔冰：笔名刘晗，浙江嘉善人，浙江省作家协会会员，《意林·文川版》诗歌编辑。作品散见于《诗刊》《诗江南》《齐鲁诗歌》《文川》《上海服饰》《钱江晚报》《青年时报》《榆林晚报》等报刊。微散文、微小语、微诗歌等网络文字发表近15万字。

最美　沈晔冰

一

　　母亲的境遇缘于那时代的产物。50 年代,家境贫寒,纵然那时她有数一数二的学习成绩, 也难逃被迫辍学的厄运,于是捧了三天书本的母亲含泪默念着"a、o、e......" 告别了学校。也是从那时起,她走上了一条充满辛酸的艰辛之路。

　　由于母亲天生一副好身材,嗓音甜美,爱好演唱,她总是对未来充满理想和憧憬。但封建思想根深蒂固的外祖父认为做文艺宣传名声不好,阻止母亲想进宣传队的选择。他认为,女儿长大后就得嫁人,相夫教子。于是在外祖父高高在上的父权威严下,母亲同外祖父一个朋友的儿子(即现在我的父亲)结合了。

　　年轻时的母亲勤劳能干,乐于助人,赢得了公婆的赞誉。但自从母亲生下我们这两个不是传宗接代的生命后,一切都变了。父亲变得更加沉默,烟成了他最好的伴侣。自我记事起,父亲母亲总是在磕磕碰碰中度过。记得有一次天晚,母亲还在忙着别的家务尚未做饭, 年少无知的我因饥饿吵着、嚷着、哭着要吃饭。姐姐拍拍我的背脊,悄悄对我说:"妹妹,你再如此哭啊,爸爸火大了,就用担钩绳抽了!"我哽咽着说:"姐姐,我饿——我饿——"姐姐用她瘦瘦的小手捂住我的嘴巴,惊恐地说:"爸爸过来啦!"正挑担抽着烟的父亲二话不说,走过来如小鸡般把我一提,随手用担绳鞭打两下。我感觉到自己像跌入无声的世界,周围一片漆黑。待我醒来时,见母亲抱着我哭得死去活来,而父亲则还在抽着他的烟,任凭母亲嘶哑的声音撕裂着夜空的寂寞……之后母亲依旧每天天蒙蒙亮便起来做饭、煮猪食、喂猪喂鸡等。记得母亲告诉我,在一个寒冷的冬天,由于母亲早起忙家务,她想让我继续睡会儿,父亲开船未归,奶奶早嫌老二是女非男不愿照料,可怜我由于没人照应而跌在床底下,满头是血……我经常从狭小的竹子床上翻滚下来,因为家中都是泥地,泪水、鼻涕弄得一脸,翘盼母亲那急切的脚步声……

二

"五月五,是端阳。门插艾,香满堂。吃粽子,撒白糖。龙舟下水喜洋洋。"可是每逢端午,我总是有一份忧伤的因子蔓延在心头。在清贫的农家,最清香温软的记忆也就是粽子了。小时候常在节日前几天跟在母亲身边不厌其烦地唠叨要吃粽子,接近端午,更会对母亲使上"死缠烂打"的招式。妈妈拗不过我们姐妹俩的苦苦哀求,因此一到端午节前两天,就会派我和姐姐去外婆家拿粽叶。

从我家到外婆家有五六十里路,往往到家里要第二天下午了。粽叶拿回来,母亲就把粽叶放在锅里煮,一会儿的工夫便会满屋清香。棕叶煮好晾干，母亲便开始泡米（仅仅是米而已，糯米也是和我家绝缘的），而其他的什么枣啦、肉啦、赤豆啦都与我家的粽子无缘，母亲唯有用一丁点儿的盐和山芋的茎来作为粽子的作料。等一切准备就绪，母亲就开始包了。母亲先把棕叶旋转成漏斗形状，把米放进去。我坐在小凳上，等母亲说"加金"，我就会从水桶中捞一条短短的山芋茎摁进去，母亲再喊"五花大绑"，我便从大瓷碗里拿一根纳鞋底的线给母亲。长长的线三绕两绕，一个结结实实藏头藏尾的三角粽就包好了。母亲虽然没有很好的糯米和丰富的馅，但是母亲心灵手巧能包出不同的形状，像变戏法一样，仪态万千，有斧头棕、一口粽、菱形棕、狗头粽、尖角粽、抱儿粽等。

我呢，最喜欢帮着母亲烧火了，等锅里冒出雾腾腾的热气，那香喷喷的味道便弥漫整个屋子。出锅前，母亲还会每年同出一招：让我猜粽子的谜语："三角四楼房，里面包黄娘，要吃黄娘肉，还得解带脱衣裳。"当我大声说"没有黄娘肉的粽子"时，母亲便用筷子在头上一敲，瞋了我一眼，便给我插上一个，然后拿个碗让我吃。吃完后母亲还会给我们饮雄黄酒，还会给我们在衣襟上别上绣着小老虎的小香袋，还在门上挂上菖蒲和艾草，驱魔祛鬼避邪。

时过境迁，现在平时也能吃上粽子了，可依然对粽子情有独钟。而每逢端午节总会去母亲那里溜一圈，吃上母亲亲手裹的香甜的豆沙粽子。我也曾对母亲提过，让母亲裹当年的盐味儿加山芋茎的粽子，母亲骂了句："傻丫头！"

母亲裹的粽子有那么一点忧伤又有那么一点美丽。那清香的带点咸香的味道让我想起那绿绿的粽叶，那淳厚的口感和韵味中的亲情。那加"金"的粽子,包进了母亲对我们那份无价的亲情和淳厚的爱。

三

随着我们姐妹俩的长大,面临上学、升学,家里越来越入不敷出。母亲在私下里对我们许诺:只要我们能读出去有出息,她就是卖屋卖田也要让我们走出农门。也许是母亲的那种倔强的念头启发了我读书的智慧,也许是母亲给我们织就的美丽未来激励了我,十年寒窗苦读,我们姐妹俩终于叩开了"跳出农门"的校门。

临毕业那年,我竟然在跳集体舞的时候,半月板撕裂而导致开刀,开刀时由于青霉素反应竟然昏迷十四天。母亲昼夜看着我,盼望我醒来。就在第十四天,医生宣布再过半小时不醒来就办后事吧,这时,一向很温和的母亲,大声执着地对医生说,我女儿一定会醒来的!半小时后,我奇迹般地醒了。当我弱弱地喊一声妈妈时,妈妈突然垂下了头,医生一阵慌乱准备抢救母亲,而病友高声地对大家、对我说,你妈睡着了,她太累了。我泪如雨下。

毕业后我顺利找到了工作,在一家单位任职。母亲的脸上因此多了些兴奋和欢快。每次节假日回家,母亲总要做我最喜欢吃的韭菜鸡蛋煎饼和油炸土豆丝。而当我要返城上班的头一天,她总是半夜起来给我准备雪里蕻、熏毛豆、蜜汁大头菜等土特产及丰盛可口的饭菜。离家的那一刻,母亲总要站在自家的门口,说一声:"当心啊!"然后看着我一步步走远,直到消失在她的视线中。

兴许加班久了,一天我去医院看病时,途经一所小学,我恰巧看到一个小女孩从学校走出欢欣雀跃地投入她妈妈的怀抱。我不由停下来,顺着她的眼光回头看去,有一个佩戴红领巾的小女孩正摇着手里的红花,嘴里喊着妈妈,似乎,她们已分别许久。

我真的忘情了,忘了继续前行上医院,我看着母亲把女儿手里的红花嗅了嗅,然后亲了女儿一口。实际上,那只是一朵纸花,而母亲却仍要俯下鼻子闻一闻。多美啊!那红花,一定是老师奖给女儿的,而母亲则奖给女儿一个甜甜的吻。

重新上路,看着车水马龙的街道,我有些心潮澎湃。这几年,因为工作的缘故,就像我忽略了身体的小病痛一样,我也忽略了母亲对我的牵挂,经常是很长时间才会打一个电话回家报个平安,也都是三言两语就挂断电话。从医院回来,我心有所愧地拨通家里的电话。一接通电话母亲就说:"别忘了,明天降温,你这丫头!"

　　查杰慧,出生于 20 世纪 70 年代。教育硕士、中学高级教师。曾获浙江省"诗坛新星"奖,有散文集《十年》出版。现在嘉兴市南湖区教文体局任职,嘉兴市作家协会理事、副秘书长,南湖区作家协会副主席兼秘书长。

净相村纪事 查杰慧

王根祥回来了。这是我到新丰镇净相村听到的第一个消息。

王根祥是净相村的养猪大户。2009 年他是新丰镇养猪帮扶对象,当年的新闻报道说:"新丰镇净湘村肢体残疾人王根祥迎来了嘉兴市富兴畜禽有限公司的装猪车辆,一头 75 公斤的种猪被抓进了他家猪舍。"后来他贷款扩大养猪规模。现在,他家被列入禁养区,两千多平方米的猪棚在 8 月份全部拆掉。

今年 7 月,我参加了净相村"生猪养殖业减量转型升级"工作组,帮助村里、镇里的干部做好禁养区里的猪棚拆除工作,要上门宣讲政策,要丈量猪棚面积,要上门签订协议,要督促农户尽早拆除,要引导农民提升环保意识……王根祥就是在这样的背景下,开始了他的上访路。好在村里的干部发现他买了车票,急忙赶到火车站将他劝了回来。

人是劝回来了,可思想工作还得继续做。上海黄浦江"漂流猪事件"引发了大家对于生猪养猪的肉源污染、食品安全等一系列问题的关注,新丰镇一个普通农民随手一扔,带来了一场群众性的生猪转业转产工作风暴,而这场风暴,又切切实实将影响带到每一个家庭。

新闻的热度还没有完全退去的时候,我们走进了净相村。净相村是个大村,全村总人口3788人,总户数1017户,有41个自然村(28个生产片组),大部分村民以养猪为主要收入。

整个村庄弥漫着猪圈的味道,这里是嘉兴市养殖密度最高的村庄之一。这种猪粪发酵的奇怪的气味,我们后来逐渐适应了,入鲍鱼之肆久而不闻其臭。有人开玩笑说,以后你们闻不到猪粪味,可能会不习惯了。农村发展、农民致富的问题就这样诡秘地掺和在一起,孰是孰非,无法定论。

在净相村由小学校改建的村部,我们第一次见到了我们的联络员村官小徐。我们的小组长是位严肃而认真的领导,仔细询问了小徐的职务后,郑重建议我们称呼他"徐连长"。关于民兵连长,我马上想起众多电影中的形象。徐连长皮肤黝黑,敦实的个头,话语不多,一问原来是退伍兵。除了连长职务还担任了一长串的职务,但大多是"什么员",有些职务和工作是枯坐于书斋的我们闻所未闻。

徐连长蛮爽气地说:"让你们老师来帮忙拆猪棚,也算是赶鸭子上架——难为你们了。我们乡下的情况你们也不熟悉,我还是先带各位老师去一个自然村见见农户吧!"

农户家散落在田野之间。净相村的历史悠久,村以净相寺得名。据地方志记载,净相寺已有1500多年历史,公元502年由南齐丞相解景荣花三年时间建成,梁武帝萧衍赐额为"梁福寺",宋戊申元年(1008年)改名净相寺。据传净相寺有殿、楼、亭几十间,占地十几亩,还有十二处胜景,主要有山门、寺眼、天香楼、净道街、礼乐村、韩公井、施食台、三角殿、香花桥、檇李园等。我们是无缘得见这一切,清咸丰年间开始,净相寺逐渐衰落,部分建筑毁于太平天国,大部分殿舍惨遭日寇烧毁,净相寺名存实亡。

更为可惜的是,从宋至清,净相村及周边地区是檇李的主要产地,当年的净相寺保留了檇李的真种。后来寺庙衰落,檇李凋零,到解放时,西厢房还残存一棵,于1955年枯死。这些掌故是我从其他地方了解到的,在净相村拆猪棚过程中,我在农户高东海家里见到了一株新栽种的檇李树。

高东海是长屋的钉子户。他名下有500多平方米的猪棚,他老头子的猪棚实际也是他的,他哥哥对他是言听计从。他还开着一家饲料店,是名副其实的老板。一身短装,一个光头,脖子里挂着一根金灿灿的粗项链。开口说话时眼睛根本不瞧着你。的确,相对于这位年收入百万的养殖大户,你们这些拿干工资的"干部"算什么。长屋大多是高姓,他这么一"捯",整个自然村十几家农户就都捯牢了。

这家说,我们肯定拆,现在上级政策来了,我们肯定不会违抗政策,但我们拆了生活怎么办?我们没有技术,也没有资金,田地都已经被金农公司承包去了。我家肯定不会第一个答应拆的,我们先答应了,其他人家要骂我们的。农村常见的聚族而居,邻里都是叔伯兄弟。有这样的顾虑也不足为奇。我们走了好几家,大多是这样的回答口径。

　　我们继续在徐连长的带领下进村。汽车在乡间小道上七拐八弯，空气着实难闻，弥漫着猪粪的味道，车子扬起路上的灰尘，徐连长说这些都是猪粪。我们发现徐连长人缘极好，村里的老人、小孩都和他招呼。三转两转中，我们到了某一农户家。徐连长说，这一家我就不进去了，你们和他家说说吧。其实农家女主人早就看见小徐，再一看跟在后面的我们，就知道我们是工作组的。她招呼我们坐，然后直截了当地说："我们家的猪棚是不拆的，等他们都拆了再来吧！"他们指的是邻居们，尤其是其中的几家养猪大户。"他怎么自己不进来，知道我们的思想做不通。"他是指徐连长，明显话里有话。"他家是干部，所以要先带头。我家和他家不一样。你们以后不用来了。"

　　我们无语了。正在思考如何做这位态度明显不是很欢迎我们的农民妇女思想工作时，徐连长在门口招呼我们去另一家了。出门后，徐连长解释说，这家是他大伯家，所以不好做工作。我们去的另一家要好一些，他们家的男人上班去了，他们当家的，人还是蛮和善的，我们吃过晚饭再来，我们村里干部做工作，都是这样，走一趟见不到几个人。很多事情都要到晚饭时间才能找得到农户。看来，村官难断家务事，当一名村官还真不容易。

　　我和同事们将名单上的人家走了一遍，吃了几次闭门羹，看了几次脸色，也耐心地向几家农户解释了政策，聊了家常。和农户聊家常倒也蛮有意思。有一天，我们进村做工作，在农户家拉家常时间晚了，到了午饭时间，农户说："今天我家里裹馄饨，如果你们不嫌弃，就在我家吃吧。"农家的客气不是一般人能推脱的，农家的饭和农民一样素朴而有味，我一口气吃了两碗。农户还要热情地为我加添，我只好打着饱嗝说"吃不下，吃不下"。农民的淳朴在这些细节中淋漓尽致地体现着，在这些细节中，同时也淋漓尽致地体现着民间宗族关系的复杂。

更多的时候，我们在村部等待，村部是由原来的村小改建的，与很多村的格局相似。站在村口，我凝望这些远近错落的自然村落，土地静谧，我仿佛在倾听着这里的故事，所以我们应该了解它的过去、现在和未来。猪粪的味道还是很浓重，蚊虫们成群结团地飞舞着。在这样的环境中，人类成为一种异类，似乎是多余的。后来，我们就适应了这一切。原来，我们也能够适应这里的环境，那么他们，也许和我们一样，经历着从不适应到适应的过程。

徐连长的名字叫徐建华。建华这名字已经暴露了他出生的时代背景。他对村里的情况却了如指掌。我们组的工作对象名单很长，一看就有点发怵，徐建华笑着给我们分析，这户怎样、那户如何，这一家和那一家有什么关系，他们分别有什么样的困难。原来在他的心里，有一张情感的地图，他把每一家都装在了里面，农户的需求和心理状态他感受得最真切、最准确。接触多了，我们知道，他是本村人。净相村的一切都刻在他的生命里，他的生命也和整个村庄联系在一起。

村里的书记高埭明和村长沈海明，一个皮肤白一点、一个皮肤黑一点；一个年纪轻一点，一个年纪大一点。乍一看，像是叔侄。两人共同的特点是都在部队锻炼过，又都在一个村里跌打滚爬,透着一股默契和虎劲。村长话不多,但说了就有股斩钉截铁的味道,比如关于拆猪棚的机械调配等问题他说:"噢,这个我处理好。"果真,事情马上处理好了。书记虽然年纪轻一点,但为人处事颇为老到。主持工作例会干净利落,决不含糊、拖泥带水。

时间过得真快,我们的任务也快完成了。我们转遍了净相村的各个自然村落,我们也了解了许多农户家实实在在的难处。村里的许多小地名都了然于胸,比如毛家头、梅金浜。我们也熟悉了村官们的日常生活形态,他们既要养家糊口,干好地里的农活,拿一点微薄的工资,又要为村民做表率,做好村里的各项服务管理工作,比如这次猪棚拆得最快最彻底的自然是村官们。农村的一切,和这些村官们的命运联系在一起。

王根祥最终还是请镇里的领导过来作了安抚,具体情节不得而知。反正净相村的猪棚拆除工作有条不紊地进行着。毕竟,这里才是他们的家园,而我们只是时间的过客,一次偶然事件的目击者。

最后一次去净相村,回来已经是晚上了,我们开着车,风从车窗吹进来,有些凉丝丝的。毕竟是深秋了。天上的星空比城里清晰得多。我突然想起,查找净相村时看到的《金刚经》里的下半句:"作此见者,障自本性,却被净缚。"我们大家都被所谓的修行所缚,被"没有妄念"所缚,被这些似是而非的凡俗的念头所缚。

结,总是解得开的,只是我们都需要时间。

　　吴伟剑，浙江海盐人，生于 1975 年 3 月。1994 年开始写作。2003 年起在《上海文学》《江南》《清明》等刊物发表中短篇小说 10 余万字。

一张老照片 吴伟剑

　　一位老人，全身裹着一件大得足以当被子的羊皮大衣，大衣的领子翻卷着，原质原料的毛皮因为日晒雨淋，早已经没有了原色，灰尘斑驳，如同一个铁制的容器。老人很老了，头发已经开始发白，脸上的皱纹如同松树皮一样干燥，灰黑一片。旁边有一个小孩，中国小孩的传统发型，穿着同样的羊皮大衣，脸上的表情一脸虔诚。两人静静地站着，那情形就如同两尊雕塑刚刚从土地的深处走来，带着浓重的乡土气息。在老人肥大的羊皮大衣的口子处，露出半个脑袋，那应该是另一个年龄更小的孩子，被老人握着一串佛珠的黑手拥在胸前。远处，草原被风卷得烟尘四起，牛马奔腾的声音仿佛正在耳畔回响……照片上的基调是灰色的，唯一鲜艳的是那个孩子围在脖子上的红色丝带，这是整张照片中唯一有生命力的地方……这是一张来自《中华视觉艺术图库》"甘南藏区人物"第二十五页上的照片。

　　在最初看到这张照片的时候我觉得我的心头"咯噔"一下，有什么东西在瞬间触动了我。我点起了一支香烟，默默地凝视着眼前这一幕我在其他场合很难看到的情景，被照片作者镜头瞬间捕捉到的惊人内容而感动。我想画面上的人物是祖孙三个,小孩的父母亲因为某种原因不了,祖孙三人在草原深处某个地方过着放牧的生活,因为雨季的变化,他们不得不居无定所赶着牛羊四处迁徙……我觉得它不仅仅是作为一张照片的存在,更是一则故事、一篇小说。

翻开《中华视觉艺术图库》中的"甘南藏区人物",每一页上的照片都会给人以强烈的感觉。那是一种强烈的视觉冲击。每一张照片都像一幅油画,笔法粗犷,油彩厚重,厚重到甚至可以用手触摸到它们凸出来的质感的程度,称它是老照片实不为过。继续浏览那些《不死的胡杨林》、《古城遗址》、《沙漠之舟》等照片,那是一片片神奇的土地:视野开阔,天地合一,阳光灿烂,照彻人的五脏六腑。那里的人顶天立地,那里的人才称得上是真正的人,因为天地间就只有他一个人,除此之外只有天空、阳光、延伸到天边的黄土地……

有时候在一个地方生活久了,一个不经意的发现,会引发人长久的回味:很多时候我们的内心实际上是生活在脆弱之中的。也因为如此,那些厚重的画面、强烈的表现力经常为我们所排斥。但正是这些东西的存在,使我们的内心逐渐变得充实而坚强。

　　胡燕萍,女,1982 年出生于江南小镇新埭。2002 年毕业
于平湖师范,现任教于平湖师范附属小学。生活中最大的爱
好就是随着一缕沉香,弹一曲古琴,在琴声里流淌着自己的
年华;也喜欢在文字的田垄里,静静地编织着自己的思想之
篱。2002 年出版文集《依旧江南》,2007 年出版文集《花未全
开》。另有若干作品发表于《杂文报》《东阳江》。

灯影里舞动的生命 胡燕萍

　　时光荏苒，影戏这门古老的艺术被一代一代地传承下来，至今依然被很多人怀旧着、喜爱着。简单的戏台，变幻莫测的操纵，缭绕的灯光，无不镌刻着历史的印记，但是笑闹的人群已相隔千年。遗憾的是，它随着电视、电影、网络等信息时代的发展，渐渐淡出了我们的生活。

　　现代的人们，你能想象这小小的一张皮影，却是包罗万象吗？它融合了多种艺术的精髓而显得独具特色。为了近距离地去解读皮影，今天在朋友的帮助联系下，我们从盐官拍完皮影录像回来便又风尘仆仆，怀着虔诚来到海宁的小镇斜桥，去拜访一生从事皮影工作的老艺人——王钱松师傅。推开他家半敞的红木门，走过客厅，便看到他正在阳台上浇花。四四方方古朴的阳台种满了各种花卉，面对满眼葱茏和欲滴，我们的内心一下子变得宁静起来。

　　看到我们来了，他笑呵呵地带我们去他的工作室。于是，在这间陈旧又神奇的屋子，我见到了原汁原味的皮影作品。他见我好奇，热心地向我介绍："你看，这张色彩鲜艳的是马相，这个形态婀娜的则是花旦，这个面容庄严的是武将。猜猜这个？呵呵，他可是番王呀！那个呢？对喽，就是杨门女将。这个一看就是武松打虎，还有那些都是《三国演义》中个性鲜明的人物，你来拿着……"他不厌其烦地向我介绍着。我看着满屋子的皮影，一张张静静地堆积在一起。它们的身上，沾着岁月的轻尘。透过它们，我想象着，王师傅当年是如何在漫漫的长夜，在灯光下细致地一刮一洗，一镂一刻，一描一染，赋予了它们神奇绚丽又经久不衰的生命。它们曾经忠诚地随着王师傅走南闯北，在历史的舞台上，经历过大红大紫，也经历过寂寞平淡。我看着它们，想，不管时代是否淡忘了它们，它们都保持着宠辱不惊的姿态，和它们的主人一样，甘愿无声，却散发着与众不同的味道。我情不自禁地将它们一一挂在窗上的铅丝上，透过明媚的春光，他们瞬间焕发了光彩，一下子变得剔透与灵动。哇，真是美轮美奂呀。我小心地牵动竹丝，它们便在我手中或低头，或甩袖，或轻云漫步，或挥动刀戈。

此时，王师傅戴上老花镜，向我述说皮影的历史。人们常常问起：这雅俗共赏的影戏究竟起源于何时？答案却莫衷一是，大体看来，有"汉代之说"、"唐代之说"和"宋代之说"。王师傅告诉我，翻阅浩瀚的历史文献，目前我们所能找到的最早关于影戏的明确记载是在宋代。在此之前，文献方面几乎一片空白，使得影戏起源于汉代、唐代之说更加扑朔迷离……他是看着皮影戏长大的，成年之后，就从事皮影工作。从制作，到演戏，他样样拿手。我问王师傅，制作一张皮影得花费多少时间。他说，要想做得精致，得大半个月。一个道具从开始准备材料到完成，要经历很复杂的过程。一是选料，选用厚而坚韧的牛皮,去除皮表面的杂质和细毛,晾干后,再以砥石绷紧,用木棍摩擦,使之平滑光亮,然后鞣至半透明;二是画稿,先把绘好的人影贴在皮上,用小针刺出轮廓,再用尖利的小刀沿虚点把皮切成图案的形状;第三是敷彩,将雕刻完成的人物、冠裳施以各种颜色。最后以重物压平,以防发生皱纹。等到皮影干燥透了后,再用桐油擦满皮面,使油浸透到皮层之内,这样才能长久保存。整个制作过程,一般要经过以下几个阶段:制皮、画稿、过稿、镂刻、敷彩、发汗、缀结。

说完,王师傅拿出一张半透明的牛皮,向我示范起来。坐在斑驳的书桌上,他打开灯光,拿出中国结的画稿。很认真很仔细地用小针在皮上刺出轮廓,看似简单的工序,却得静心去做,如果心浮气躁,根本拿不了这细小的针。我们在他身边,观看着,就连呼吸都轻轻的,生怕打扰了此刻的静谧。他边刻边与原稿比较,时不时还拿起放大镜看看刺孔的大小是否合适,有时又轻轻吹口气,抹抹牛皮上的细小灰尘,有时又端起放到灯前,看看亮光透进小孔的透亮程度。时间在流着,却又仿佛静止了一般。我想,王师傅,就这样刻了一辈子。我们是第一次看,觉得新鲜,其实,对于一个一辈子这样工作的人来说,应该是很枯燥的。就像做学问一样,板凳一坐十年冷。但是,因为喜欢,他甘愿,因为喜欢,他一辈子坚持了下来。从身影相随,走向了心影相随。皮影离不开他,他也离不开皮影。有谁能想到,这样简陋的一间平房,却是一张张玲珑多彩的皮影作品诞生地;有谁能想到,这样一位古稀老人,为了皮影,而一生默默地守候着、劳作着。

走出他家,拿着王师傅借给我的资料书我对朋友说,今天收获真大,感触真深,不仅仅是看到了皮影,更是看到了皮影人的执着,能够这样地坚守,真是给我无形地上了一课,教会了我什么是坚守的美好。这段时间,打算让皮影走进自己的课堂,因为种种的困难和原因,我一再地动摇和摇摆。而此刻,我对自己说,这堂课,我不放弃,我想要尝试与坚持。

卢修宾,70 年代出生于陕南岚皋县堰门村,1997 年 8 月赴浙江省平湖市工作,就职于平湖市文化馆,现为浙江省作家协会会员、《杭州湾》杂志执行主编、平湖市作家协会秘书长。

曾在《北京文学》《上海文学》《散文》《深圳青年》《散文视野》《西安之窗》《红楼研究》《南方周末》《浙江日报》《西安日报》等报刊发表文学作品 60 余万字。散文集《河流旧影》由作家出版社出版。

《红楼梦》1793   卢修宾

一

任何一位热爱《红楼梦》的读者,只要他是发自心灵的无矫饰的热爱,我想,与《红楼梦》1793 年走出国门、始传海外有关的这一段红学史实,他应该会格外挂怀。我是在不经意之间,踏上了一个古老的江南小镇,后来发现这里就是《红楼梦》始传海外,落户日本长崎的最初的出海口。这个发现,无疑让我大吃一惊。或许,与《红楼梦》始传海外这一红学史实的密切相关,在红学研究的历史上,自此,将崛起一个红学的重镇。一个文学的重镇。

《红楼梦》出海,与二百年前浙北的那一个滨海小镇密切相关。

我去的时候,海风吹拂,一排排巨浪是奋力追赶,在轰鸣的撞击声里,千堆雪浪如洪波涌起,朝着岸边直压压地砸过来,巨大的礁石兀自岿然不动,巍然屹立在东海岸边。冲刷得干干净净的礁石,露出它天然的灰褐色,透出一种倔强的美丽。海风慢慢小了,海潮悄然退去,巨浪的轰鸣声渐行渐远,东海平静了下来。此时,夕阳的余晖洒在灰褐色的礁石上,斑斑驳驳,影影绰绰,分外美丽。摩崖石刻"碧海红楼"和"红楼别浦"八个大字,在夕阳下熠熠生辉。

这是浙北海岸线上一个普通小镇的滨海风光。这里,传诵着太多与红楼一梦相关的爱情故事。这里,就是公元1793年千古名著《红楼梦》始传海外的地方——古镇乍浦。凄美的宝黛爱情故事,是从这里乘船起航,继而东渡日本。大观园里的是是非非,和贾氏家族的曾经繁华,自此走出国门,迈向了世界。从此,源远流长的宝黛爱情,散落在异国他乡。从此,痴情的曹雪芹的红楼一梦,在他乡的异域,夜夜零落。

公元1793年11月23日,这个普普通通的冬天里的一天,大海上空或许还零零落落地飘洒着几瓣冷艳的雪花。此时,王开泰寅二号船冒了寒冷,由乍浦古镇起程,航行在茫茫的东海海面上。冷艳而美丽的雪花随风飘飞,有几瓣还调皮地沾在了船员们绯红的面颊上。船员们有点寒冷,也有点兴奋。这是一艘驶往日本的商船,也许谁都没能想到,船上除了满载各种各样的货物之外,在几个外观精美设计考究的香檀木箱里,不是装着珍贵的宝藏和绫罗绸缎,而只是沉甸甸地装满了各种版本的六十七种汉文书籍。其中一个箱子里,就有曹雪芹的千古名著《红楼梦》,共计九部十八套。

王开泰寅二号船在海面上缓慢而沉稳地行驶着,出了东海就到了太平洋的洋面上。广阔无垠的太平洋上,看不见一只海鸟,也看不到一艘船只,越发的邈远空旷。冷艳的雪花不再飘落下来,只是更加的寒冷。船员们在各自的岗位上按部就班地工作着,这种千篇一律各司其职的船员生活,有点单调,也有点枯燥。时间就这样过去,茫茫洋面上什么也看不见,王开泰寅二号船依旧缓慢而沉稳地行驶着,陪伴它的,只是这无边无际的洋面和洋面上无边无际的寒冷。

这一天,王开泰寅二号船好像有点兴奋,不觉间加快了速度。在海上航行了半个多月,天气终于放晴了。按常规计算,今天就该进港了。船员们从船舱中走出来,舒展舒展筋骨,呼吸新鲜空气,互相再有盐没醋地开几句玩笑,一时间,船上的气氛就活跃起来生动起来了。王开泰寅二号船加速行驶,渐渐地,海岸线依稀可辨。

终于靠岸了。船员们一阵紧张地工作过后,王开泰寅二号船稳稳地泊在了长崎。一群码头搬运工立刻行动起来,船上所有的货物一一搬上岸来。一辆运货车停在了长崎图书馆的大门口,几个外观精美设计考究的香檀木箱从车上搬了下来,送进了图书馆里。图书馆的工作人员认真清点了王开泰寅二号船载来的全部六十七种汉文书籍。其中,送货单上排在第六十一位的曹雪芹著《红楼梦》,共计九部十八套。工作人员清点完毕后, 在签收单上认认真真地写下了签收日期:12月9日。

1793年的12月9日。

二

或许世界上很多的壮举和很多后来者看似辉煌的一页,都只是当年事件发生时完全的巧合和机缘。而在这不经意之间,伟大而辉煌的壮举就诞生了。没有事先的设定,没有事先的期望,没有事先的规划,当然更不存在事先的预谋。稀松平常得就像在牛顿面前轰然坠落的那颗苹果，只是一种偶然，平平淡淡。从秋天的苹果园里经过的人们，谁的面前没有坠落过几颗苹果呢？只是，这颗苹果的幸运，就在于它坠落下来的时候，正好是牛顿从下面经过。倘使换成了另外的任何一个人，恐怕只是无一例外地把这颗苹果从地上捡起来，用衣袖擦一擦，再塞进嘴里。仅此，而已。

　　1793 年长崎的一条大街上那一间毫无特色的普通建筑，和它周围那些普通的建筑没什么两样，不存在多少差别。唯一的差别就是，它被用作了图书馆，而周围其他的建筑可能就是小商店小饭馆小缝衣铺或者小作坊。可是，当王开泰寅二号船在太平洋上长途航行半个多月以后，当王开泰寅二号船稳稳地停靠在长崎码头的那一刻之后，当一辆送货车停在了它的门口并且从车上搬出来几个紫红色的香檀木箱子之后，当木箱被打开木箱里面的东西全部搬出来之后，这一间普通建筑的命运就彻底改变了。从此，这一间毫无特色的普通建筑，从它周围的那些小商店小饭馆小缝衣铺或者小作坊的包围圈里脱颖出来，与世界文学史上一个重要的文学事件紧密联系在一起。它的声名，便由此显赫。从此，这一间毫无特色的普通建筑与一个叫作曹雪芹的名字密切相关。而这所有的一切，都只是因为那九部十八套《红楼梦》，当然，也只是完全的巧合和完全的机缘。

　　今天，我们徜徉在长崎繁华的大街上，当年收藏过九部十八套《红楼梦》的那一间普通建筑是见不到了。甚至，我们不可能找到哪怕蛛丝马迹的历史遗存。1793 年太过久远，让我们无从着手，人不是物亦非，它或者毁于天灾，或者毁于匪患,或者毁于战火,或者毁于兵乱。被时间湮灭的历史,哪怕近在昨天,说不见就立刻不见。我们唯一的可寻的历史印记,就是1793年冬天那一张现在珍藏在日本国家图书馆里的图书签收单。也许,这是永恒的时间判断给这一段与《红楼梦》相关的历史留下的唯一可靠的证据。

王开泰寅二号船载去的九部十八套《红楼梦》,静躺在1793年的长崎那一间普通的建筑里,此后的时间里,我们无法知晓究竟有多少双手翻开过它,我们也无从知晓到底有多少双眼睛曾经从它的扉页上扫过。这远去异国他乡的九部十八套《红楼梦》静躺在那里,说是静躺,其实是沉睡,而且,这一睡,竟然几近百年。大观园曾经的喧嚣和千古流传的宝黛爱情,都一并沉睡在木箱里,夜夜凄凉。直到百年后的1892年,当日本汉学家森泰二郎开始首次用日文翻译《红楼梦》的时候,这九部十八套《红楼梦》,才开始从百年沉睡的酣梦中苏醒过来。

1892年,已经是另一个世纪之末了。日本明治诗坛诗人森泰二郎几经努力,翻译出《红楼梦》第一回,这是截至目前发现的最早的《红楼梦》日译文本。辗转异国他乡的《红楼梦》终于从百年沉睡中苏醒,得以在异国他乡绽放异彩。然而,仅仅是这第一回,也穿越了近百年的历史。从1793年王开泰寅二号船载去九部十八套《红楼梦》,到1892年《红楼梦》日译本第一回的问世,《红楼梦》一直沉睡在那个紫红色的香檀木箱里。这百年一梦,竟穿越了两个世纪。

今天,翻开这一段历史,我有泪盈眶。我想,可惜我不是书虫,不能在已成历史的百年沉睡里与《红楼梦》夜夜为伴。

可惜我也不是天生情种,否则,我定会在那凄凉沉睡的百年中,与宝黛二人日日厮守,哪怕分担他们在异国他乡一点一滴的凄凉。好在,"梦从此处飞去渡碧海青天散落大千世界,石自那边袖来幻痴儿怨女真情万劫不磨。"真情万劫不磨,倘能如此,这也就够了。

三

1943 年的日本,是一个理科盛行的时代,谁要是选择文科,尤其是选择文学专业,便被视作没有前途的大傻瓜。1943年的这一天,是东京第一高等学校开学的日子。这一天,学校迎来了一位着装整洁的青年人,看上去有点固执,有点倔强。他,就是日后蜚声全球的汉学大家、日本国最有成就的红学专家伊藤漱平。当周围的人都选择了理科的时候,年轻的伊藤漱平不顾全家人的反对和所有亲戚朋友的劝告,毅然决然地选择了中国文学专业。他到学校报到的第一天,当学校学生管理部的老师问他选择什么专业的时候,固执而倔强的青年伊藤漱平响亮地回答:中国文学。他的这一回答,令在场的所有老师都大大地吃了一惊。何况,1943 年的中国和日本,正在发生着什么,众所周知。

两年后,青年伊藤漱平到东京帝国大学学习。当老师问他学习什么专业的时候,年轻的伊藤漱平依然是两年前那响亮的一句:中国文学。更为幸运的是,伊藤漱平的导师,就是著名的红学专家松枝茂夫——完整翻译《红楼梦》的第一人。四年后的 1949 年,年轻的伊藤漱平从帝国大学文学部毕业了,受他的导师松枝茂夫的影响,他的毕业论文选择了红学,题目是《红楼梦札记——关于曹雪芹和高鹗》。他还给自己取了一个雅号：红楼梦主。后来，他的这篇毕业论文发表在1954年的专业红学杂志上。从此，伊藤漱平把他全部的生命都献给了《红楼梦》研究事业，成为日本国最有成就最为著名的红学大家。后来，他的全译本《红楼梦》也被公认为截至目前《红楼梦》日译本中最优秀最权威的译本。1992年10月在扬州《红楼梦》第二届全球学术研讨会上，此时的伊藤漱平已经是一位古稀之年的老人了。这位精神矍铄的老人，让人很容易联想到他与《红楼梦》朝夕相伴的一生，而此时，距离《红楼梦》始传海外搭乘王开泰寅二号船抵达长崎，却已经是整整的二百年！当年意气风发的青年红楼梦主，如今，两鬓却已经斑白。但是他和很多红学故事联系在一起：《红楼梦》1793、红楼梦主、伊藤漱平。

我的脑际忽然出现一幅伊藤漱平在图书馆里查阅史料的影像。在一个大而宽阔的图书收藏档案室里，伊藤漱平仔细翻拣着，忽然，他一阵激动，眼光紧紧盯住了1793年一份档案上的一行小字：六十一位，《红楼梦》，共计九部十八套。他立刻看了看签收日期：1793年12月9日。他的眼光专注而兴奋，因为他知道，他已经发现了一个红学研究史上极为珍贵的史料！而且，这个发现，不仅在日本国，在整个世界红学研究史上，都将是一个重要的发现。因为，这是《红楼梦》从中国传到海外的最早见证！

今晚，我站在半明半暗的星空下，默默念叨着几个字：红楼梦主、伊藤漱平、《红楼梦》1793。

四

公元 1993 年的浙江乍浦古镇的秋天，比平时来得稍晚了一些。然而，这一个秋天，注定在古镇的历史上将要写下辉煌的一笔，因为，中国文学史上一个"可与长城共辉煌"的伟大事件正在这里发生。当曹雪芹的千古名著《红楼梦》在世界各国的文学殿堂里大放异彩的时候，纪念《红楼梦》从中国走向世界二百周年的活动正在古镇举行。二百年前的 1793 年那一个冬天，《红楼梦》正是从这里走向日本的长崎，掀开了《红楼梦》始传海外的历史。这一天，古镇迎来了中国红学界许多举足轻重的人物。国学大师王利器先生、著名红学家蒋和森、蔡义江、吕启祥、孙逊、魏绍昌、徐恭时，《红楼梦学刊》副主编杜景华、编辑孙玉明和石静莲，中国艺术研究院红楼梦研究所副所长张庆善，贵州《红楼》主编梅玫，上海市红学会秘书长顾鸣塘，黑龙江红学会秘书长夏麟书，松江红学会会长唐顺贤，青浦红研小组副组长吕玉慕等诸多红学大师悉数前来。日本最著名的红学家伊藤漱平还特地为纪念活动赋诗一首："红楼东渡二百年，光照瀛洲誉四海。而今群贤欣毕集，起航行舟乍浦来。"

今天，我站在《红楼梦》出海纪念碑前，看着那几十尊栩栩如生的红楼石雕，遥想《红楼梦》在二百年前乘王开泰寅二号船，从古镇出发一路远去东渡日本，在感叹旅途艰辛的同时，却又欣慰于这一个完全巧合的历史事件，对于乍浦小镇，却又是多么幸运。"绛雪融融青埂流芳别乍浦，炉烟袅袅红楼寻梦到长崎。"现代著名作家端木蕻良先生的这　副对联，在客观阐述"红楼别浦"这一历史事件的同时,字里行间,又无不包容了先生对古镇的一往情深。我想,在端木蕻良先生孤寂于案牍之前,潜心创作长篇传记体小说《曹雪芹》的时候,他的心思,也是无数次地到过这个小镇的吧?因为,这里与《红楼梦》有着太多的渊源。

"这里吐纳万象,融汇古今。近可观山、观海、观石,饱览那'潮来千里白,浪推万堆雪'的雄浑壮阔的海景,远可思乍浦昔日辉煌,番舶辏集,红楼出海,走向世界。"平湖市红学会会长王正康先生用这样的描写来称赞《红楼梦》出海的地方,我们透过文字,不难想见,这该是怎样一个人杰地灵的所在。或许,《红楼梦》选择这样一个地方作为它走向世界的起点,也该是命运眷顾之神冥冥之中的注定吧。

一本外文小说,能引起一个异民族国家的国民如此程度的钟情,我们除了自豪,还能怎样呢?记得在上学的时候,我也问及我的日文老师青木敬尚先生同样的问题,老师青木敬尚的具体回答我是没能记得了,但是我能感受出他的回答同样让人自豪。

现在,《红楼梦》始传海外走向世界,已经是二百年前的如烟往事了。在这样的一个以文化为主的交流事件里,我们感受到的,是两国文化之间的和谐交融和两国文化人在交流活动过程中的互相学习互相借鉴互相尊重。我时常想起伊藤漱平先生和老师青木敬尚先生他们温文尔雅的形象,无论如何,我都无法把他们的形象和近现代历史上的某些日本人的豺狼形象结合起来。以至于在当代的时代进程里,我依然无法理解那些参拜靖国神社的日本人,他们究竟代表着谁?能代表谁？从这个角度出发，有时候我真愿意当年《红楼梦》走出国门的第一站，不是日本。我时常假设：要是当年《红楼梦》的海外之旅首先选择的不是日本而是古印度、古埃及，哪怕是现在战火纷飞的两河流域，那里的文化比年轻的岛国日本要厚重得多。

"梦从此处飞去渡碧海青天散落大千世界；石自那边袖来幻痴儿怨女真情万劫不磨。"真情万劫不灭！那就依然用中国红学会会长冯其庸先生为《红楼梦》出海纪念亭所撰写的这副对联来抒发我对《红楼梦》1793 年最真切的感受和内心深处最忠诚的祝福吧。

诗 歌

　　许春波，1973 年 8 月出生，蒙古族，硕士，在企业工作，浙江省作家协会会员，嘉兴市秀洲作家协会副主席。

禾城的阳光 许春波

已经完全忘记

曾经把罗盘,挂在窗上

阳光照进时,指向北方

可以即刻启程

捧着一点点漏进的问候

黝黑如铁,从一种光到另一种光

方向海阔天空,也许

你保留的本来,才是精彩

云低了,拂过乡野

带走声音

那些露珠,触摸不到阳光

就没法睡去,如跳动的精灵

看着罗盘下的我左右张望,这是一个疑惑

一起生长,云和土

一起丈量脚下的印痕

还是听你的,把云卷起来

放慢脚步,不理会方向

贴近油菜花和湖水

亲近瞬间高远的天空,你真实的笑容

也会陷入沉思

踮起脚

摘掉太阳的眼镜,就会触摸飞扬的涛声云影

此刻,也会有心事,在光线里

乱走

禾城的清晨　许春波

帘幕拉上,被一抹阴云
晨光只好谢幕
油菜花持续着昨天的金黄
我儿时盼念的时光
在一朵花上,闪了又闪

花是指针,被今天的云絮笼罩
了准星
没有方向,走不进想去的梦乡
偶尔,能听见一两次梦的气味
如清水叮咚,敲打着呼吸

其实不想睡去
把心情,装在花丛里
口袋中,装着暖阳或星光
一些问候飘在来路上,零零散散
弥足珍贵

左右路边,有一些朽掉的树
不倒下,看着我淋漓的汗水
浇灌风尘

那只熟悉的鸟,端坐在树枝上
摇摇晃晃,用微鸣做砝码
称着春天的重量
我是被花感动的人
像从前一样,爱着春天
只是,不知如何
打开翅膀

过桥 许春波

嘉兴的拱桥上,日复一日

重复地数着,那些石阶

和石阶上面的落叶

变成我的诗

直到风来,告诉我

越过这座桥,才能接近真实

今夜,感受那缕清风

不再自吟自唱,成为另一个陌生人

沉默地,出发

删除 许春波

黎明苏醒,浮云翻过那道山梁

飘来,把天卷起一角,无限温柔

很多个诸如今天的日子

安然圆满

淡淡的佛意,这些时光习以为常

用一个键,将纷扰的一切删除

也不去想,长长的,那些冬季

站在轮回里

看身边嫩绿的小草

参天的大树,以心为湖

照见灵魂的倒影

也喜欢风,抚过蓝天

草地,和一段尘缘

起于,本名黄顺良,1974 年 4 月出生于浙江嘉善。

1996 年开始诗歌创作。诗歌作品先后发表于《西湖》《人民文学》《诗江南》《特区文学》《蔡》《赶路》等刊物,作品入选《2008—2009 中国双年诗歌巡礼》《新世纪诗典》《二十一世纪诗歌精选》《当代新现实主义诗歌年选——2011 卷》《其实我们从未相逢——新浪潮诗歌》等合集。出版有诗集《柔软的舌头》。

午饭之后 起子

父亲把他的存折
拿出来
并告诉我密码

他还很健康
但是已经不再自信

他还和我一起
算了一下
存款到期后的利息
并为此感到满意

那也是一笔不小数字
我并没有告诉他
曾经有人请我吃饭
一顿就吃掉了那么多数字

其间我上了趟厕所
看到洗脸盆下面的水管
在漏水
一滴一滴
掉进下面放着的一个水桶

仿佛这二十年的房子
在交付着时间的利息

鸟 起子

迷恋于鸟

首先迷恋一个鸟窝

人类的垃圾

以及死去的草

不可思议地纠缠在一起

紧密而结实

难道这是建筑学

我宁可相信这是一门神学

接下来应该迷恋鸟蛋

第二天

鸟窝里面出现了一个蛋

第三天有了两个蛋

今天是第五天

我在鸟窝里看到了四个蛋

每一个蛋

在光洁的蛋壳里面

都有一对神奇的翅膀

正在长成

这不是生物学

这依旧是神学

至于鸟

是看不到的

它总是在别处飞翔

除了那一次

它在鸟窝探出头

和我对视了一秒钟

然后

神一样地

飞走了

一张笑脸 起子

我还在思索
她用了多少时间
才适应了现在的身份
她已经走了过来
如此从容
微笑着向我介绍

"这是我丈夫的女儿……"

呵呵
现实总在残酷之后
又轻易地打磨出一张善良的笑脸

西门即景之八 起子

有一天黄昏

在西门

她把一篮

自己家种的菜

放在路边卖

一个四川来的打工妹

蹲下来问价

八十多岁的她

磕磕巴巴地挤出了

平生第一句

普通话

听起来就像远离了故乡

那么艰难

　　叶心，80后。2011年，诗歌《村庄这辈子》获"吴根越角"嘉兴市乡村诗歌创作大赛三等奖。微散文《周末还乡》获得第二届善文化微散文优秀奖。

我爱西塘河埠最后的三个石级　叶心

我爱西塘河埠最后的三个石级

一年四季

她神秘地隐藏着身子

只有在某几天她会露出头皮

上面青苔很厚

厚得让人以为是立夏的塌饼

五点钟的茶馆睡眼惺忪

煤炉上空弥漫仙气

老茶客们已经落座

他们眼睛迷离

那些茶,是他们的鸦片

这儿还流传着五姑娘和长工的故事

爱情总让人伤感

烟雨长廊下的爱情更让人伤感

从永宁桥走到醉园

陡然发现我的黄酒还剩半壶

不过相由心生
当我心中的桃花一开
我依稀觉得要在姚庄桃花岛
邂逅我的爱情
邂逅爱情？总比电视里站一排要有诗意

坐在卧龙桥上怀古就想起了七老爷
他振臂一呼，救一方百姓
比那些只会读书的强多了
几百里外的陶庄有个大善人袁黄
还有捐了三万银两叫丁宾的家伙
谁能和他们一样？
信马由缰、哼着小曲，对了
后面还跟着他们美丽的妻子和娃娃

我爱看灶头上的莲花仙鹤
爱看炉火正旺的窑膛
更爱看鸬鹚捕鱼
当汾湖河畔的芦苇
飘荡起两千多年前的号角
慢悠悠的汾湖蟹
就爬了上来

这儿不是盆地也不是山地,所以
这儿不吃辣,却有辣妈宝贝
把你辣得热血沸腾、外焦里嫩
如果实在辣得不行
你还是去看看吴镇画的竹子吧
保证像喝了大瓶的冰镇啤酒

　　冬箫,本名邱东晓,浙江省作家协会会员,中国诗歌学会会员,浙江省电力作家协会诗歌创作委员会主任。曾获《诗潮》杂志社"2007 年度·中国诗潮奖"年度诗人奖,《中国诗歌》杂志"2011 年中国网络十佳诗人"。在《上海文学》《诗刊》《青年文学》等刊发表诗作千余首,诗作入选《年度诗歌精选》《年度最佳诗歌选》等年度选本。

永远的一夜 冬箫

他是一名私企老板,路遇危难放弃要办的事情,与时间赛跑,只为挽救一名危在旦夕的轻生女子。他就是与时间赛跑的"救命人"许照龙

——题记

仿佛那个夜,是世界停止了周转
那么多的黑停留在一条割裂的手腕上

陌生的哭声像影子拉长到了唯一的孤灯之上
急促的空旷随时就将吞噬

一道光在行将昏昧的时刻泛出了美的光泽
它携带着伤口绝尘而去

它超过了警车,超过了时间的摆动
它掠过了嘉兴,奔向了菊乡

它像深夜的一条蓝尾蜥
在黑暗里复写着明亮的光点

他将这一片小小的阳光赋予了那对母女
他忘却了自己的风景却亮起了另一道风景

这一夜,他如斯美丽
美如幻影

这一夜,他走了一段陌生的旅程
却成就了他永远温馨的模样

明天,他照例是个平凡的过客
却有很多人捡到了他今夜天使般的翅膀

　　小雅,本名林霞琴,学生时代开始写诗,一直在诗歌里自吟自唱。诗言志也好,诗载道也罢,在小雅的眼里:诗是精神,是取暖的小火炉。诗歌曾在《诗刊》《诗歌月刊》《诗选刊》《文学港》等刊物上发表。

生活在水边的人 小雅

那些生活在水边的人
是另一种水生植物
他们汲取水
繁育子孙后代

1.

傍水而居
看见更纯澈的黎明
更清醒的黑夜
呼吸也是水的节奏
光影在拍打
历史的尘屑漂上水面
多么美的睡莲,多么美的云朵
他们在水上行走,又睡去
如今
一朵开在颐和园,一朵栽在白马山

2.

水,更清晰的道路

不用行船,不用一苇渡河

这些水生的植物

听着涛声,昂首信步

生活是一只蹁跹的蝴蝶

喜怒哀乐也只是

潮涨潮落

陌上的花开了

王妃,你该可以回来了吧

3.

了凡兄,陶庄还在

子孙们用你的血液播种阳光

国维兄,在你的家乡

青石板路修得越来越长

隔壁的寺庙木鱼笃笃

那是甲骨文的信息

钟声当的一声

一天过了,一个时代过了

余音在一个陶罐里缭绕

只剩下水

不言不语

4.

究竟是水托着陶罐,还是陶罐

塑造水的形状

你问

马家浜上已栽满水稻和桑树

陶泥潜入更深的水底

历史是个隐者

长袖一甩

是皮影戏里幕后的朦胧

歌声清越

水声在脚下越来越响

5.

不问前因

只见钱塘江的水春去秋来

滚滚又滚滚

那些居住在水边的芦苇

和居住在水边的人

把根深深地扎进了土里

水面把更多的阳光汇聚

像最浓郁的幸福

他们问候路过的飞鸟

越来越高的楼房

三塔寺的夕照
有时回头
和祖先们相视而笑

张猛,1982 年生,笔名牧风,山东邹平人,广西师范大学文学院文艺学专业文学硕士,嘉兴市作家协会会员,平湖市作家协会理事,现为嘉兴学院平湖校区讲师,主要从事文艺美学、地方文化研究,业余从事文学创作与批评。2001 年至今,发表文学作品 300 多篇、学术论文 17 篇,出版诗集《一月交响》。

背影中的江南 张猛

江南,一层薄纱,一团迷雾
几多的温润,几多的妩媚
揉碎了的是梦里水乡……
自报一声"阿奴",老人家,您可还记得
那些散落在吴越人的族谱中的
从熟悉到陌生的或大或小的背影

1.候人兮猗

涂山氏的婢女远上山头,驻足凝望
北国山河苍劲、挺拔,如同一个个的男子汉
昂首于天地之间!那时候,你心碎了吧,
耐心地等待换来的是焦急和困惑
江南钟灵毓秀,江南女儿弹指可破
温柔乡里的醉梦诱惑了披荆斩棘的刘皇叔
却不曾阻拦禹王治水的沉重步伐
他三过家门而不入,他两鬓苍苍鏖战河渎
他是个大男子耸立潮头,他身后的江南女子
日夜的遥盼化作江南春雨潜入青史

2.王谢风流

旧时堂前,双燕飞来,剪破春风

而今是或高或低的草或瓜杂乱斑驳

三两的白鹭穿梭嬉戏,黄的蔓延

白的时而见时而不见,都在此间

鸟兽草木何曾见证过昨夜的飞黄腾达

只有一抔一抔的黄土堆了散,散了重聚

在这风流氤氲之地,延续王谢家族的传说

那些挂在口头上的,那些封在书画中的

有王右军的兰亭,有谢吏部的竟陵

江南好,多少文士倾心于此,永眠于此

3.运河旧梦

多少次的追寻,多少回的辗转

夜半醒来还是那个遥远清晰的旧梦

大运河在隋炀帝的袖子里

濡染了说不尽的酒、色、财、气

太多的梦想承担了太多的辎重

一个清晨之后,一个王朝轰然倒塌

傍晚时分,马头墙低首嘶鸣

诉说着盛世不再的欢歌……

龙舟侧畔,渔船采菱捉蟹

偶尔的邂逅还会引起人们偶尔的凝视

4.苏杭天堂

风吹皱湖面的时候,我在苏堤上

问候每一棵垂柳每一条斜坡每一座石桥

游人熙熙攘攘,匆匆地来了,匆匆地看看

又匆匆地走了,星转斗移已是千百春秋

路遇江南,我的内心充满了凄凉

我是江南的过客,江南永在,我将不在

歌舞不休,河坊不休,三秋桂子接连十里荷花

一座座寺庙香火鼎盛,一个个梦想立地绽放

那时,有舞榭歌台异彩流金,有文人才子佳作连篇

而今,王侯将相冢乱骨枯,留下的是一方方小小的

　　石印

5.欲说还休

北人南下,曾有一段段辛酸的过往

夹杂着一些不说不快、不得不说的茶余饭后

故土沦陷半甲子后,你打北方赶来

承载着祖父的梦想和中原父老的期盼

你来了,经纶满腹、豪情万丈,复国弹指间

从年少轻狂到壮志凌云再到老骥伏枥

你从未屈服过,从未动摇过,从未放弃过

一再的打击,一再的罢黜,一再的迁徙

纵使明主不弃,多病可免,朋党相依,百姓相拥

梦想总归只在梦中,江南只有"江"和"南"

6.雀飞东南

闲暇的时候,重温那些个令人心潮澎湃的岁月
那时,革命烈火燃遍了江南大地,刹那间
激情穿江湖越沟壑,摇荡每一个市镇每一个乡村
吴越儿女在战火中涅槃、重生,支撑起了
一个又一个流为传说的故事。那些人,那些事,
浇灌在青石板上的生命,飞溅在美人靠上的鲜血
为江南的腾飞奠定了足够厚重的勇气和力量
外祖父的兄弟来过江南,外祖母的兄弟定居江南
他们是荷枪实弹的抵抗者和解放者;多少年以后,
我也来到了江南,触摸到一丝温情,是前世,或血脉

那些远去了的背影,那些进入史册的过往和曾经
长久地驻留在我的内心深处。有那么一扇后窗
偶尔打开,偶尔探视,偶尔放飞,更多的是想象。
我在江南,一个个熟悉的背影,一个个连续播放的梦

野水仙 <small>张猛</small>

一月，阳光与冷风

争奇斗艳。

习惯了浓烈、激昂和粗犷的

北方汉子，

不懂得切磋、琢磨和打量

江南细小的风景。

海边的岩石陡峭，

吮吸我鲜血的中指。

礁石上的美人鱼

面带微笑，

凝视断裂的风车。

柔软的蛤滑入嘴中，

苦涩，

新鲜的阳光与海风的味道。

木棍、石片、手指和水瓶，

从湾畔明亮的阳光下

到城北潮湿的阳台上

我一路呵护，

放在胸口、杯中、桌上，

祈祷你

扎根水中、吐露芳菲、流溢芬香。

　　苏建平，生于 1972 年，世居嘉善。以公文求谋生，以读书求享受，以写作求自由。主习诗和小说。作品见于《诗江南》《滇池》《西湖》《扬子江》《东海》《散文诗世界》《芒种》等杂志。

父母的简要素描 苏建平

1.

父亲行二,七十在望

一生好学不倦

晚来齿牙松动,体重不到

五十公斤,总是梦见

满床的鸡鸭

母亲也行二,年过花甲

长辈都已成仙,儿女都已成家

所有的愿望都已实现

唯独太胖——

哦,这两件乐器

发出咝咝声

正在渐渐老去

2.

多少年来,他们过着

与哲学无关的生活

譬如,冬种麦子,夏种稻子

晨起的风是南风还是北风

夜间的月亮

如果微微发红,预示着

下一个日子就要多吃盐

(在食物贫乏的年代里),好用来

抵挡浑身的汗水

这种动物的小技巧

被掌握得炉火纯青

3.

他们过着与美学无关的生活

屋后种植了一大片竹子

为了咬鲜嫩的笋

另外几片空地上

爬满了南瓜藤,开满了

茄子花和西红柿,边上

是岸头的玉米,水里的茭白

在这样的五彩缤纷里

他们不种玫瑰月季和菊花

也没有静下来的心

去眺望诗人的南山

4.

历经多年,他们反复拉自己

把自己拉成一棵老树

枝叶稀疏,一刀砍下去

已经流不出新鲜的汁液

那过多的苦盐,过淡的蔬菜

使父亲的胃常常背叛头脑

母亲的血压悬在头顶

而当我们殷勤相劝

"努力加餐饭"时

他们说出了一生中唯一的哲学——

在一个人人乐于享受的年代

胃和血是多么重要的东西

他们 苏建平

下午,太阳似乎在漏金沙

到处都是凉爽的荫影

母亲割了一筐嫩草

喂了两次鸡鸭

父亲用夹渔网,收获了

半碗多鲜活的小鱼

哥哥又去打老 K

傍晚回来时,一脸土色

我看他们干这干那

抽空翻看一本诗集

一个下午,或者一生

他们全都不写诗

也不念诗

压根儿没这想法

但如果没有他们
没有他们的生活
——诗就无从寻觅

一颗星的亮光 苏建平

多少年啊,祖父说起那颗星
多少年里,父亲说起那颗星
只要抬起头,那颗星就在那里

那颗星就在那里,闪烁着
然而无声。只要抬起头来
它会变成一束光,跑进你的心里

你感到被轻轻抚摩,像一只手
缓缓滑过那些凸起的痛苦

往事　苏建平

就是那个冬日

那个冷得太阳结冰的日子

父亲一句话也没说

带来斧子和刨子

修理我寓所的门

他手脚熟练

仿佛门是一块乡下的田地

他说:这种粗活

你不懂

后来他抽了一支烟

注视了门半晌

完工使他感到快乐

他骑车回去的时候

我想起了:父亲年近六十

体重四十多公斤,肠胃患病

而在一天内要两次

穿过车辆繁多的 320 国道

母亲的祭祀祷告 苏建平

你们来吧。虽然我们没有丰收
没有点起更粗的蜡烛
你们来吧,寂寞对着寂寞
烛光中可以轻声交谈

请喝下这一盅酒,虽然还不够纯
可我已酿到第五十个年头
我习惯于添加一些醋和酱
再过十年,我才能品味辛辣

那时我鬓发已老,儿女们
固定在他们成型的生活里
看看吧,他们常常一筹莫展
没有学会搬去黑色的闪电

愿你们在地下平安,一如你们
也将把安慰搁在窗台上
向着我们。请接受这把纸钱
在梦里它们使一切发芽

　　徐建中，1979 年出生，嘉兴市作家协会会员、秀洲区作家协会会员，现就职于嘉兴市文化馆。1998 年开始诗歌创作，2007 年以来先后在《诗江南》《中国诗歌》《中国诗人》《嘉兴日报》《烟雨楼》《曝书亭》等发表诗歌近百首。诗歌创作大多以叙事为主，力求以朴实、叙述性的语言反映生活、关注人性。

禾风 徐建中

1.

子城一梦

就是一串盈红的灯笼

范蠡湖上红颜不醉

那遗忘在南楼的一杯酒香

早已飘不出寂寞

吴越过往

只留条条古道向晚

几回烟雨

就换几回斜阳不落

2.

在动人的三月，我已量不出

一枚杜鹃的深度

因那一幕幕破土而出，和搁在土墙的

锃亮的绿

某些路越走越窄,最后只好
转身走进叶脉,而后
阳光也就绿了

尽管那些隐喻似梦非梦
在烟以外
让能朦胧的尽管朦胧着

风一旦吹进叶脉
就不再明朗
我从一棵树的联想,进入另一棵树
奇怪的是,总有些蕾呢喃着
我最后被假设成桑叶
在农人的祝福里
经历一场温柔的咬

后来
有个很小的孩子告诉我
那些草垛可以被翻看——
我竟在三月,拾了秋虫的壳
说不定,接着
落在指尖的痒并不空洞

3.

那散在柳絮里的浅草归期

并不代表寂寞

只燕归了,廊下就垒出余温

何况南墙上还攀出过石榴,那些红

夕阳染过,胭脂也染过

从一条巷子走向另一条

这又使我回到叶脉

有些联想按捺不住要飞

又飞出秋虫

飞过很小的南窗半掩,闻到一双

甜甜的酒窝

醉了也就醉了,那些浅浅偶然

是走不完的青石小阶

女孩左手握着晚安,右手

掏出一个绿色信封

迫不及待地,拆出

又一场春雨

4.

写在东窗上的烛火, 最终归隐东方

江南烟雨不尽, 禾风不尽

子城一梦

就是一串盈红的灯笼

旁白 徐建中

邻人寂寥的院子里
菖蒲和艾草在雨中默默汲水
为了你们要闻到的清香,和要尝出的苦味

白墙,黑瓦,青条石
多么抒情的雨中,为了化开那生宣上的点点墨迹

石榴和香樟的对白,小而娴静
当她脸上浮现江南——平淡温暖的老街景
那是清苦中才有的快乐
像一汪清水,曾流经此处

时光的涟漪无比生动,就连另一种风景
仿佛也由你造就
南墙外草长莺飞
有关别处的联想,全都回来了

西北大街的一间老房子　徐建中

这里的冷与热正在失去联系

而尚未剥离,但是快了

脚踏车和缝纫机的年代

沿着几枚铁钉

正锈进同一个旧镜框

红衣服,她醒目的孤独

偶尔来映照——

纸窗,昨日的模糊

时光很暗,而它们射落的东西

我又诚实地望见

一把竹椅子放在河岸上,空空的

像一桩旧事,难以讲述

莫永强,1971年9月出生于浙江海宁。中国诗歌学会会员、海宁市作家协会副主席。现任钱君匋艺术研究馆常务副馆长。

作品曾在《诗刊》《上海文学》《诗选刊》《歌曲》《词刊》《广播歌选》《散文选刊》等刊物发表,曾获中国音乐家协会一、二等奖;"2010中国作家创作笔会"一等奖;嘉兴市文学艺术奖银奖、铜奖;海宁市文学艺术奖银奖等。

嘉兴人 莫永强

这里的原野——
如摊开的书本
读起来一股清香
这里的人——更热爱河流
河流——给她的村庄
缀上蜜桃、甘蔗、蚕桑和肥羊

一盏花灯——
可以叫子孙——千年凝望

茉莉花期待着她的情郎
一支竹笛陶醉了梦里水乡

这里的小城——
似泼墨的国画
那一张粽叶
是走遍天堂的——门票

祖先们的粉墙——让她的风光

镶上雕梁、黛瓦、廊棚和花窗

旗袍穿过弄堂

那一只猫儿重读着西厢

几颗繁星留恋着风情古巷

祖先们的手势

——握住禾苗的样子

——是一个指示

——让这里的子孙

——亲吻大地——保持勤劳朴实

——快乐吉祥的样子

喊潮人　莫永强

他在盼望

钱塘江上

每一场夜潮深情的歌唱

月色流淌

吸引着梦想

那个黑瘦的喊潮人

像镇海塔一样古老

情人依偎在

江边的芦苇荡

用浪漫凝固时光

他要赶在潮奔汐舞

——之前

——亮嗓

季风和雷雨

被收藏在锃亮的胸膛

他在维护

甜蜜景象

那一场夜潮带来的疯狂

只有——越过激情

——的人

才知道

月色彷徨

寂寞的身旁

听到有人感叹日月沧桑

——一个喊潮的人喜欢看着

自己的影子

刻进鱼鳞石塘——

远方的客人随着

浪潮热情摇晃

永恒星光

照亮了远方……

蚕娘 莫永强

江南的桑园

保持着蜿蜒的姿势

那条古老的蚕

认准了方向

一片

工笔绘就的桑叶

仿佛少女初妆

桑条抽出了

蚕娘的心事

婀娜的韵味

被这块土地收藏

春风揭开了蓝花的头帕

采桑的脸庞

预言着村庄的祈愿

面对桃花的青春

让风无法出声

一条条

春蚕吐露了

情的能量

一桑葚的笑声

让家园的梦境

锦上添花

　　王铮,浙江省作家协会会员、中国诗歌学会会员、浙江省中国现代文学研究会会员。迄今已在《诗刊》《星星》《北京文学》《上海文学》《散文选刊》《诗选刊》《诗潮》等二十余家刊物发表作品,并有诗歌、散文入选《2004年新诗代年度诗选》《第三条道路》《世界华文诗选萃》《2010中国散文经典》等多种选本,已出版《晃动的光阴》(诗集)、《王铮影视戏剧文选》。

老布店 王铮

似水年华在那只放置竹尺裁衣刀剪尘封的柜台上
　　搁浅
你抬腿跨越1.95尺的门槛，而朱漆被斑驳了
仿佛愿望单纯在阳光浮尘中飘摇，未曾落定，
那些暖过人们的各色人造棉印花布灯芯绒
被记忆收留在站立的柜子里
与糟烧豆板浆火油粗盐味混淆着铺天盖地而来
台风刮过小巷大街，改易某些景观
好像来到老六的山旮旯姹红姹紫又下起一场缠绵
　　的雨
似乎过了好多年，还有几片叶子在树梢点缀诱人的绿
孤独地哭泣时，就会想起寺庙屋檐下孤影的沉默
想到一个中百公司的老布店，在天益兴南货店对面
蓝色印花布像天空，丈量着善意与美德
像那个姑娘在柜台后，纤纤玉手按于蓝布
酒似的芳香，发散着柔和的母性情感
为了记忆那些旧时的事物，我将那衣服在箱底压着

将岁月切一个侧面 王铮

将岁月切一个侧面

一道封火墙与外面相隔

一段古旧的雨巷

有播撒雨后彩虹滴在石板路面的逆光

有一个透过棺材呼吸的人,他在荒村没烙下鞋印的

　　痕迹

一个雨天

昏黄的光亮叠压着木花格窗棂

滴水屋檐下

滴水滴穿了路面石板

滴水还隆起水泡,水泡里有转身即逝的人与事

一个满灌水的大缸,拿来存储缸底的光线

岁月有一个隧道,用刀启动隧道门轴时

切出一个侧面

一段连续的岁月被

切断

旧时的无声影像,黑与白穿越隧道就能看见

将岁月切一个侧面

互相切换现实与虚幻

将不同时辰死亡的人,突发的事在某时点

重新一起整合

那个,那一刻

惝恍的时间

一位美女的五官让我清澈窥视,是在一个老头转身的

　　一刹那

　　潘月玲，2006 年开始诗歌习作，2007 年 11 月在《岁月》发表第一首诗歌之后陆续有作品发表在《诗刊》《绿风》《诗林》《文学港》《诗选刊》《扬子江》《诗江南》《文学与人生》等杂志，有诗歌收录在星星诗刊编辑的《中国 2008 年度诗歌精选》和《2008 年经典诗选》，出版个人诗集《梦里梦外》。

乌镇散笔 潘月玲

1. 古戏台

台上,一个人唱腔委婉
台下,几个人听得入神

每一句唱词,都像是流水
在我之前,很多人来过这里
不曾截断,也不曾带去

老艺人沉浸在方言中
自顾自地念唱
唱着唱着就把自己唱进了故事
至于是在风景之内还是之外,他并不关心

2. 高竿船表演

作为庆祝的仪式,已成过去
现在仅仅是一种表演
表演者在竹竿上倒立、半衡、翻转

颤巍巍的竹竿,弯成半圆

他的身下,河水是一面镜子
跟着一颤一颤的是水中的倒影
而水本身并不作回应,或者
做出回应,我们尚不知情

3. 汇源当铺
有游客站在柜台里,一脸和气
探头问询要办什么业务
对于当铺来说,在那时
会有点受宠若惊的意味
高高的柜台,典物是唯一的说辞
爱当不当,伙计和老板,不用赔着笑脸
救急甚至救命,他们并不需要考虑
必须冷酷,或者接近冷酷
冷暖自知。在当铺之外
所有的潦倒、发迹和生死,与他们无关

(不过据载,汇源当是个例外)
一切都已远去
空荡荡的铺子里,几件印花衣服躺在货架上
仅为道具,或是被遗留的典物
已不需谁开启它们的记忆

4. 茅盾故居

跨进红漆的大门

仿佛走进去，就能沾染点文化气

一个从文字里认识的人

现在，活在文字里

瞻仰，是一种习惯

络绎不绝的人，或许只是他笔下

一个个方块字

在这之前，或者在这之后

在他永恒的沉默中

都已成为现实

5. 关于《似水年华》的记忆

几张剧照

将我重新拽进电视剧

爱情里的男女

带着书卷气。是了，就是这里

故事里的《东山书院》

几排书架，泛旧的道具书

齐叔坐过的椅子

都在继续诉说着时间的秘密

恍惚一场邂逅已经开始
不是我和你,而是我和另一个我
穿过想象的大门,真实或者虚拟
你只需等待,不需细细区分

后记

嘉兴是文学的福地。

中国小说的创始人干宝就是嘉兴人。历代以来,嘉兴文人辈出,尤其是近代,嘉兴在中国文学史上占有十分重要的地位,茅盾、丰子恺、徐志摩等大家开创了现代文学的新局面。改革开放以来,嘉兴也涌现了一大批作家,他们在全国拥有相当的知名度。这里面最杰出的代表是余华,他的一系列作品已产生了广泛的国际影响。

近些年,嘉兴新生代作家也开始崛起,尤其是80后和90后,他们开始形成嘉兴新的文学格局,作品频频在国内的期刊和网络上传播,引起了读者和评论界的重视。2013年12月,嘉兴市青年作家创作会议召开,四十余位嘉兴新生代作家集体亮相。

《奶奶、猫和宝盒——嘉兴市青年作家新作选》是嘉兴青年作家的一次集体检阅,他们在作品中讴歌美,赞颂人性与人情之美,大力彰显"勤善和美"的当代嘉兴人的共同价值观。这些80后和90后,正用自己独到的眼光去观察这个世界,剖析这个世界。尽管,他们的作品层次不一,但他们身上涌现出来的激情和创造力是弥足珍贵的。

　　从他们身上，我们看到了嘉兴文学一代代的接力和传承,更看到了嘉兴文学未来的希望。

　　　　　　　　　　　　　　　　　　　　编者
　　　　　　　　　　　　　　　　　　　2014年3月

（京）新登字083号

图书在版编目（CIP）数据

奶奶·猫和宝盒：嘉兴市青年作家新作选/嘉兴市文学艺术界联合会编. —北京：中国青年出版社，2014.4
ISBN 978-7-5153-2388-6

Ⅰ.①奶…　Ⅱ.①嘉…　Ⅲ.①中国文学–当代文学–作品综合集–嘉兴市　Ⅳ.①I218.553

中国版本图书馆CIP数据核字（2014）第079726号

责任编辑：金小凤
特约编辑：张　欢
装帧设计：徐文杰

*

中国青年出版社 出版 发行

社址：北京东四十二条21号　邮政编码：100708
网址：www.cyp.com.cn
编辑部电话：(010)57350404　门市部电话：(010)57350370
三河市君旺印务有限公司印刷　新华书店经销

*

880×1230　1/32　9.375印张　110千字
2014年7月北京第1版　2014年7月河北第1次印刷
定价：35.00 元
本图书如有印装质量问题,请凭购书发票与质检部联系调换
联系电话：(010)57350337